AF131462

LA 403

FSC
www.fsc.org
MIXTE
Papier issu
de sources
responsables
Paper from
responsible sources
FSC® C105338

Copyright : 2017, Pierre Dabernat
Éditeur BoD-Books on Demand
12/14 rond-point des Champs Élysées, 75008 Paris
Impression : Bod-Books on Demand, Norderstedt, Allemagne
ISBN : 9782322081257
Dépôt légal :Août 2017

Pierre DABERNAT

LA 403

ROMAN

Une peur sourde et mystérieuse
M'étreint et sans raison sérieuse.
Dis-moi petit quel est ton nom ?
Mais je m'appelle comme vous
Monsieur puisque je suis vous.

Je suis en reconstruction

Ce qui m'est arrivé est à peine croyable… Cela s'est passé l'été 1996. Je suis resté bien trop longtemps hésitant quant à la façon de raconter mon histoire : me taire, me confier à un ami, ou à un inconnu. A la longue j'ai opté pour cette dernière mais avec une nuance : je vais écrire ma mystérieuse aventure au stylo, dans un cahier relié en cuir que j'abandonnerai sur le premier banc. Livrer ma confidence à la rue. Afin que ce livre voyageur circule de mains en mains jusqu'au jour où quelqu'un l'oubliera dans un coin ou le jettera à la poubelle. Mais avant d'écrire ce qui s'est passé je dois remonter le temps, expliquer ce que j'ai été, ce que je suis devenu aujourd'hui. Si j'écris cette histoire ce n'est pas pour thésauriser le passé, le mettre en boite pour le livrer au futur. C'est pour exorciser ce que j'ai vécu. Pour enfin essayer de comprendre ce qui m'est arrivé.

Je suis en reconstruction. Il y a bientôt onze ans ma vie a cessé d'être une vie.

Le hall froid de l'hôpital grouillait de monde. C'était l'heure du déjeuner. Le self-service avalait et recrachait ceux et celles à qui la maladie ou la mort n'avait pas coupé l'appétit. Moi je n'avais pas faim. Plutôt envie de vomir. Mon épouse et mon fils étaient en salle d'urgence, chacun dans un profond coma. Leur pronostic vital était enclenché à tous deux. Un accident banal de la route sur la rocade sud. Banal pour toute la ville. Pour les centaines de voitures qui étaient restées bloquées. Banal pour le personnel de l'immense hôpital qui côtoyait le malheur chaque jour. Banal pour ces gens qui me croisaient sans remarquer ma profonde détresse. On avait coutume de dire que cela n'arrivait qu'aux autres. Mais ce jour-là, ça m'était arrivé. A moi. A ma femme. A mon gosse.

Il y avait quelques années une jeune femme de vingt-sept ans, une amie d'une nièce, était morte d'une rupture d'anévrisme au cours d'une promenade à cheval. Je me souviens alors d'avoir stupidement débité à ma nièce hébétée, en pleurs, lors de la descente dans le trou d'où on ne remonte pas, un monologue que j'avais cru consolateur. Je ne crois pas qu'elle avait entendu ces mots métaphoriques. Curieusement, ils m'étaient revenus, ce jour-là, en pleine gueule. Je lui avais dit à cette gamine pliée de douleur que la mort c'était pour moi une image. Celle des humains, riches et pauvres, jeunes et vieux, en rangs serrés, comme autrefois les fantassins qui, à pas mesurés, au son des tambours, allaient au combat sous le feu tendu de l'ennemi. La mitraille, les boulets tombent et la faucheuse frappe dans le tas au hasard. Nous sommes comme ces soldats, lui avais-je dit. Nous progressons dans la vie comme l'on peut, lentement, et la faucheuse frappe sans cesse autour de nous. A gauche, à droite, devant, derrière, jusqu'au jour où le plomb nous atteint et nous couche dans la poussière.

Les joues mouillées de larmes j'avais senti que j'étais au bord d'un gouffre. Je réalisais que ces deux êtres chers étaient mon seul univers et qu'ils risquaient de mourir. Dans ce genre de situation on est désarmé, désemparé. Mais jusqu'à cet instant, on a beau le savoir, ce n'est que de la théorie. On ne le ressent pas. On n'a pas cette douleur dans le ventre. Ce galet dans la gorge. Cette eau salée dans les yeux. Ce plomb dans les jambes. Cette angoisse qui monte et qui vous fait réciter un « Notre père qui êtes aux cieux » alors que l'on a craché sur Dieu et l'Église durant des années. J'étais dehors, sur le parking et sous une pluie fine. Je fixais une voiture garée. Une voiture noire qui appartenait à un toubib. Une voiture identique à la notre. Celle que ce matin-là ma femme avait prise pour accompagner le petit à son école. On ne sait pour quelle raison, il y avait eu un bouchon et elle n'avait pas pu freiner à temps. Le capot s'était encastré sous le cul d'une semi-remorque et il avait fallu plus d'une demi-heure aux pompiers pour les extraire de la ferraille. En regardant le lustre de cette voiture, flambante neuve, je n'arrivais pas à m'imaginer comment un tel objet pouvait en moins d'une seconde se transformer en une broyeuse de vie. La propriétaire me sortit de ma léthargie. Elle fumait, était grande, couverte d'un imper beige et tenait une serviette en cuir. Elle me regarda un bref instant puis ouvrit la portière et démarra. Je regardais la voiture s'en aller et dans mon esprit embrouillé je me souviens que je me fis bêtement le reproche d'avoir acheté ce modèle. Si j'avais opté pour une autre marque, peut-être la carrosserie aurait été plus résistante ? Ou bien le moteur moins puissant aurait-il permis d'arriver moins vite sur le camion ? Autant de questions qui m'empêchaient de penser à cette salle, là-haut, où le chirurgien pouvait à tout moment m'annoncer la fin du monde.

L'être humain est lâche mais il arrive qu'il n'ait plus le choix. Je devais remonter, affronter la suite. Quand je débouchais à l'étage il n'y avait personne. Je me réfugiais aussitôt dans la salle d'attente vide et m'écroulais sur une chaise. Mes jambes ne me tenaient plus. La pendule égrenait le temps, augmentait ma peur. Chaque bruit de pas dans le couloir explosait mon cœur. Quand une infirmière passait devant le seuil de la porte je scrutais brièvement son visage dans l'espoir d'y trouver une réponse. Chaque claquement de porte me faisait sursauter. Mais quand la silhouette du chirurgien se profila je crus défaillir. Je ne l'avais pas entendu venir.

Immédiatement je compris aux traits durs de son faciès que je devais m'attendre au pire. Mais le pire ce n'était rien. Aucun n'avait survécu. La mère et le fils étaient partis ensemble pour une autre destination. L'infini... le néant. Comment pouvais-je penser qu'il y avait une autre vie derrière la mort ? Ceux qui croyaient en l'existence d'un dieu se raccrochaient à cette lueur d'espoir. Moi je n'avais rien. Que ma haine contre moi-même qui avait acheté cette voiture. Je ne sais pas comment j'ai fait pour m'en retourner dans ma luxueuse villa. J'étais détruit et je crois me souvenir que j'ai bu le contenu d'une bouteille de whisky pour me saouler. Le lendemain matin, hagard, le foie défoncé, j'ai appelé un ami, le plus proche. Il est venu à mon secours et il s'est occupé de moi. De tout. De l'enterrement. De la merde administrative. J'ai veillé comme j'ai pu ma famille que l'on avait mis en bière dans notre chambre conjugale et le jour fatidique de l'enterrement j'ai refusé d'aller au cimetière, assister à l'incinération. Pour le dernier acte je me suis réfugié dans mon atelier de bricolage où je savais qu'il y avait une autre bouteille et personne, non personne, n'a pu m'obliger à bouger. Ce n'est que le lendemain que je suis allé, seul, me recueillir devant un tiroir de granit à l'intérieur duquel il y avait deux urnes avec un peu de poussière. C'est-à-dire plus rien.

Ensuite ce fut une longue et pénible dégringolade. Je me suis mis à boire de plus en plus pour retenir un sommeil qui fuyait. J'ai accumulé conneries sur conneries et j'ai fini par perdre mon boulot. Ingénieur en informatique je dirigeais un service dans une boite qui travaillait pour l'aérospatiale. La crise était passée par là. Mon patron et ami, par la force des événements, s'est assis sur ses scrupules. Je dois préciser que je ne lui ai pas laissé le choix. Je ne venais presque plus à l'usine... Et quand j'étais présent je tenais à peine debout. Puis j'ai vendu ma villa. Ou plutôt l'on est venu la saisir. Et j'ai fini par avaler la boite à pharmacie. Mais je me suis loupé et j'ai fini en psychiatrie.

J'avais mis trois ans pour parvenir à ce stade. J'avais maigri de quinze kilos et je m'étais attrapé un ulcère. J'ai enchaîné cure de sommeil et cure de désintoxication pendant vingt-deux mois. Puis je suis sorti du tunnel grâce à une association qui m'a trouvé un job et une piaule avec un lit à une place et une télé. Peu à peu je suis remonté. J'ai réussi à décrocher un véritable boulot, grâce à un ancien collègue qui s'est souvenu quel genre de type j'étais avant.
Au fil des jours j'ai réappris la vie. J'ai acheté une voiture. Une petite voiture sans prétention. Pour me déplacer. Je vis dans un appartement en proche banlieue et pour la première fois depuis des lustres je boucle une valise. Demain je m'embarque pour un voyage pour deux semaines de vacances. Je réalise soudain que les collègues de travail vont me manquer ainsi que ceux de la salle de sport où je m'échine à soulever du fer pour ne pas avoir à rester trop longtemps seul, devant ma télé. J'ai décidé d'aller au Maroc. Un retour aux sources en quelque sorte. Mon père y avait fait une partie de sa carrière.

Pour cette espèce de pèlerinage je vais prendre le bateau. Avec deux nuits à bord. Après tout je ne suis pas pressé et j'avoue que l'avion m'angoisse. C'est nouveau.

Autrefois je n'étais pas comme ça. Mais depuis l'accident c'est à peine si j'ose conduire ma voiture. Les transports mécaniques m'inspirent maintenant de la crainte.

La sirène donne le signal

C'est la fin de l'après-midi quand je franchis à Sète le péage de l'autoroute. Je me fraye un chemin jusqu'au port et prends ma place dans la file étirée des voitures en attente du chargement. Le ferry, aussi haut qu'un immeuble du centre-ville, attend bien sagement, qu'on lui enfile dans sa gueule cette longue saucisse de véhicules. Malgré un air de pagaille évident c'est une sacrée organisation pour arriver à faire pénétrer toutes ces voitures, à les aligner, pare-chocs contre pare-chocs, sans perdre un seul mètre d'espace.

Au cœur du bateau j'hésite avant de trouver la porte qui donne accès aux différents ponts. L'odeur du cambouis, du métal, de l'essence et du goudron m'ont pris le nez. Nous grimpons tous avec difficulté dans cet escalier étroit et très pentu. Il y a huit ponts. Dans tous les couloirs c'est la bousculade. Les marins, appuyés nonchalamment contre les cloisons, indifférents à ce flot bruyant, discutent et regardent d'un œil blasé ces familles exubérantes entourées par des enfants livrés à eux-mêmes.

Un employé me conduit à ma cabine. C'est le numéro 314, pont sept ; ma surprise est à l'inverse de l'exiguïté du lieu. Elle est minuscule. J'avais oublié que nous sommes sur un ferry et non sur un paquebot de luxe où les chambres sont plus grandes et le prix du billet plus conséquent. Deux mètres sur trois environ mais cela est suffisant pour passer les deux nuits. Je partage la cabine avec quelqu'un qui n'est pas encore arrivé et j'en profite pour choisir ma couchette. Ce sera celle de dessus. Un lavabo minuscule et deux gilets de sauvetage complètent le décor. Je suis dans l'ambiance.

Mon colocataire arrive puis, après un échange de politesse, je le laisse le nez dans ses affaires et file aussitôt à la découverte du bâtiment. Je tombe sur une mosquée aménagée sommairement avec des tapis à l'arrière du bâtiment. Il n'y a encore personne et je tente de m'orienter en déchiffrant un plan placardé sur un mur. Quand je débouche dans le salon, l'ambiance me plonge aussitôt dans l'insouciance des vacances, dans la gaieté de ce voyage qui s'annonce sous les meilleurs hospices. Un homme, la trentaine environ chante en arabe, transpire devant le micro. Une danseuse se tortille au son de la musique orientale. Dans l'assourdissement des décibels je regarde avec plaisir la foule qui se presse autour des tables et qui déguste des gâteaux et du thé à la menthe. Sur le pont arrière, une jeune fille reçoit sur son portable un appel de son petit ami et reste en conversation. Ayant fait le tour du bateau, n'ayant plus rien à découvrir, je rejoins ma cabine. J'ai du mal car les coursives, les escaliers, les couloirs qui se croisent et se recroisent, me désorientent quelque peu.

A l'heure du départ le temps a changé. Le ciel s'est couvert. La ville blanche et les collines verdoyantes se découpent dans un dessin aux couleurs ternes. Deux gigantesques grues sur le quai surveillent le port. Comme d' énormes robots, ou des sauterelles de métal et de boulons, elles paraissent prêtes à s'élancer dans d'immenses enjambées vers ces hommes, fourmis apeurées qui se déplacent entre leurs pieds.

Le bateau, dans un bouillonnement d'écumes, accompagné du ronronnement des moteurs diesels, s'écarte du quai. Je me suis positionné sur le pont supérieur pour profiter du spectacle. J'en profite pour prendre des photographies. Les mains accrochées au bastingage je coule un regard discret vers ma voisine. C'est la danseuse en tenue de scène avec un châle jeté sur les épaules. Je devine à l'expression de son beau visage qu'elle est heureuse d'être là.

La sirène donne le signal et nous longeons la digue qui nous mène vers le large et la nuit profonde et affronter la charge des vagues. Les mouettes, par dizaines, à l'abri du vent, nichées dans les rochers, fixent ce gigantesque animal blanc qui vomit de longues traînées dans le ciel. Certaines jouent avec le vent et frôlent dans des vols planés gracieux la grande cheminée du bateau.

L'horizon est tombé comme le lourd rideau d'une scène de théâtre. Le décor de la mer a remplacé celui d'opérette du port qui a disparu. La fumée nauséabonde me pique les yeux, et elle m'oblige à trouver refuge sur un autre pont inférieur, à l'arrière, à l'abri du vent.

Je m'installe confortablement sur les sièges en plastique et je m'abandonne. Je suis en vacances et pour la première fois l'air que je respire me gonfle de plaisir. A côté, une mère, avec un bébé sur les genoux, explique à un autre enfant plus grand ce qui les attend là-bas, au bled. Sur le bateau il n'y a que des familles qui retournent au pays pour le temps des vacances. Sur les visages on ne lit que futures retrouvailles, fêtes, émotions. C'est comme un livre sur les sourires.

A l'heure de l'apéritif, je file au bar. Sur toutes les tables il n'y a que des verres de thé à la menthe. Je commande au barman une bière car le whisky c'est terminé pour moi. Il me regarde avec des yeux ronds et étonnés. Me voilà beau ! Je n'avais pas prévu ça. Écœuré je me tourne vers la scène. La danseuse est là mais elle est assise sagement à côté des guitaristes. Le snack-bar est ouvert et une foule affamée se presse déjà à l'autre bout du salon. Dès l'ouverture, avec cette manière qui est universelle quand il s'agit de remplir l'estomac, la majorité s'est agglutinée par cet instinct grégaire de manquer, de ne pas avoir sa part, de ne point obtenir ce auquel on a droit. De quoi me couper l'appétit. Heureusement j'ai un billet de première et j'ai une place au restaurant et je peux même avoir du vin.

Il est vingt-et-une heures. La journée a été éprouvante et dès le café avalé, je ressens la fatigue, baille, m'étire, puis me ravisant je commande au bar un thé à la menthe. L'orchestre s'est remis à jouer. La danseuse se déhanche et malgré quelques rondeurs je la trouve sublime.

Sur le pont supérieur la fraîcheur du large me fait du bien. La nuit est bien avancée. Le vent me siffle aux oreilles. Il fouette les quelques téméraires qui sont là. Les embruns jaillissent sous les projecteurs qui illuminent le coin où je me suis réfugié. Du côté bâbord, les fumées mazoutées sont rabattues par les rafales et l'air demeure irrespirable.

En regagnant ma cabine, je traverse des salons où s'entassent des passagers. Beaucoup se sont enroulés dans des couvertures bariolées fournies par le personnel et tentent de trouver ainsi le sommeil. D'autres sont carrément allongés sur la moquette. Des familles plus organisées ont apporté des tapis, des coussins, des thermos. Elles se sont installées dans des lieux plus tranquilles, dans des coins oubliés du bateau, et peu fréquentés, ou sous les escaliers qui relient les divers ponts. En réalité, pas un mètre carré des salons et des couloirs intérieurs n'est resté inutilisé. Cette nuit me fait penser à la traversée, il y a plusieurs années, d'Athènes à l'île de Paros. Bien du temps s'est écoulé depuis et je pense soudain avec tristesse à cette époque révolue, à ma femme, à ces vacances lors de ce voyage dans les Cyclades.
Ma balade terminée, les cheveux mouillés par l'humidité, il est temps de vérifier si cette couchette minuscule qui m'attend est aussi inconfortable qu'elle en a l'air.

Je m'enfonce rapidement dans un sommeil réparateur bercé par le seul mouvement du ferry qui glisse puissamment sur l'eau en avalant les miles qui longent les côtes espagnoles.

Je croise le regard de la danseuse

Le lendemain le soleil est au rendez-vous. Le plancher tangue imperceptiblement. C'est bien la preuve de notre présence en mer.

Il fait déjà chaud. A quelques pas de là, un mari, certainement un musulman très pratiquant au vu de sa barbe fournie, de son couvre-chef, surveille ses quatre enfants et sa femme qui est masquée par un voile noir. On n'aperçoit que ses yeux. Elle est la seule sur le bateau à l'avoir. Elle attire le regard, surtout celui des femmes qui semblent la plaindre.

Comme le soleil tape, que le besoin d'un café se fait sentir, je prends la direction du bar. Avisant alors un fauteuil libre je m'y installe.

La scène est vide. Il n'y a que le micro qui trône au milieu et les trois chaises des musiciens. Je me demande où se trouve la danseuse. Comme je n'ai rien de particulier à faire, après avoir échangé des euros en dirhams au guichet de change, je m'en vais à sa recherche. Dehors le soleil est toujours aussi chaud. La mer ondule et se brise sur la coque, à peine griffée par le sillage blanc de la gigantesque hélice qui nous propulse. Le ciel est azur. Penché sur le bastingage je me perds dans le foncé du fond marin, fasciné par tant de profondeur mystérieuse. Qu'y a-t-il sous cette couverture infinie d'eau ? Mon imagination est là pour me répondre. Vraisemblablement des tas d'êtres vivants, des poissons énormes, mais aussi des cavernes englouties, des épaves, des trésors, et des milliers de matelots, des voyageurs intrépides, des soldats, des esclaves, qui ont disparu à jamais là-dessous.

Je n'ai pas aperçu ma danseuse. Aussi je regagne l'intérieur. Le guichet de la douane est déjà ouvert et une longue file patiente devant. Comme je ne peux pas échapper à la corvée je prends quand même mon tour pour faire tamponner mon passeport. Un vieux bonhomme m'explique où se trouve Nador. J'en profite pour lui demander où est la gare routière car je dois prendre le bus pour aller à Fez. Enfin mon passeport est visé et je peux rejoindre le restaurant. Derrière moi, un employé annonce que c'est l'heure du repas. Le préposé au tampon quitte aussitôt sa table. Les modalités ne reprendront qu'à seize heures. Personne ne râle. J'en suis étonné car j'avais oublié un instant le fatalisme oriental. Ceux qui ont attendu pour rien ont tranquillement fait demi-tour.

L'après-midi, n'est pour moi qu'une incessante ronde. Je vais d'un siège à un autre, d'un pont à l'autre, une fois côté soleil, puis côté ombre, le temps ainsi partagé entre la lecture, un café, un thé, un bout de discussion avec un voisin, sans oublier et surtout en ce qui me concerne, la contemplation de la grande bleue.
Mais toujours pas de danseuse dans les parages. Dommage !
Quand la côte espagnole se découpe à l'horizon je crois que nous sommes en face des îles Baléares mais un passager averti me précise qu'elles ne sont qu'à quatre heures de Nador. Nous ne les doublerons dans la nuit, me dit-il. Nous croisons aussi des cargos, des pétroliers, quelques navires de plaisance mais nous ne voyons ni baleine, ni dauphin. Il est vrai, que mes souvenirs datent d'un temps où la mer était beaucoup moins polluée. C'était l'époque de mon adolescence à Rabat.

Vers vingt heures, c'est de nouveau le rendez-vous avec le bar, avant d'aller dîner. A l'avant du salon, autour d'une table, des jeunes gens disputent avec acharnement une partie d'échecs. Le chanteur est encore là et donne de la voix. Je m'apprête à battre en retraite quand je croise le regard de la danseuse. Elle est assise seule, à une table, près de la sortie. J'ose lui sourire et elle me répond. Je suis d'un naturel timide et dois me forcer pour profiter de cette situation. Je m'avance et lui dis en guise d'entame :
- Vous ne dansez pas ?
- Non ! Tout à l'heure. Après le repas.

Je suis surpris car elle n'a aucun accent. Comme un idiot je poursuis :
- Vous êtes marocaine ?
- Je suis française, dit-elle, amusé.

- Excusez-moi. C'est idiot. La danse c'est votre profession ?
- Non ! Je danse parce que j'aime ça mais je ne fais pas partie du groupe. Dès le débarquement nos chemins se sépareront.
- Et quand vous ne dansez pas que faites-vous ?
- Vous êtes bien curieux ? dit-elle en se penchant sur son verre de thé.

J'ai une vue plongeante sur le décolleté de son chemisier et je détourne les yeux. Je ne dis rien et la contemple tandis qu'elle porte son verre à ses lèvres. C'est une femme qui affiche une trentaine d'années mais ses mains la trahissent. Elle doit être plus âgée. Son visage est soigné. Même si ce soir elle est trop maquillée. Je subodore que c'est pour sa prestation artistique. La veille j'ai pu constater qu'elle possédait un corps superbe, musclé, à peine enrobé. Elle reprend :
- Vous ne dites plus rien. Je vous fais peur ?
- Non ! Pas du tout. Je vous admirais

Cette phrase la fait rire.
- Vous êtes bien français.
- Pourquoi vous dites ça ?
- Par ce côté de dire les choses sans détour.
- Ne me dites pas que je suis le seul homme à vous avoir fait un compliment depuis le départ
- Curieusement vous êtes le premier à oser m'aborder.
- Le plus étonnant c'est que ce soit un type comme moi qui vous aborde. Si vous saviez combien j'ai du mal à lier connaissance avec une jolie femme.
- Vous avez peut-être des difficultés à faire le premier pas mais après on ne vous arrête plus…

Ce coup-ci c'est à moi de sourire. Elle reprend :
- Pour la plupart des hommes musulmans, sur ce bateau, je ne suis pas très recommandable. Mon costume ne cache pas grand-chose, vous avez remarqué ?
- Il est assez sexy, dis-je en riant.

- Justement ! Pour vous c'est plutôt bien et cela vous plaît… Mais pour eux je ne suis qu'une provocatrice. Pour ne pas dire autre chose…

- Puisque vous ne faites pas partie de l'orchestre alors qu'est-ce qui vous pousse à danser ?

- Comme je vous l'ai dit j'aime ça et je connais le chanteur. Il me rémunère aussi et cela m'aide à payer mon billet. Et puis je n'en ai rien à fiche du regard des autres. Malgré les apparences. Je suis française. Je m'habille comme je veux. Si je ressemblais à une française suivant les clichés, avec un beau visage pâle et de grands yeux bleus ils se ficheraient complètement de ma jupe courte et de mes chemisiers transparents. Mais je ne peux pas cacher mon visage et mes origines. Pour tous ces machos une fille du pays ne doit pas s'afficher.

Elle s'interrompt. Comme si elle en avait trop dit. L'éclat de ses yeux montre sa colère. Pour aller dans son sens je dis :
- Vous avez vu cette femme parmi les passagers ? Celle habillée de noir et voilée.

Elle reprend :
- Ce genre de chose me révolte. Je fais partie d'une association qui luttent pour l'émancipation des femmes contrôlées par les hommes.

Le mot « contrôlé » c'est la première fois que je l'entend pour définir ce genre de situation. C'est pourtant bien vu.
- Et vous ?
- Vous voulez savoir si un homme me contrôle ?
- Si ce n'est pas indiscret.
- Vous voulez coucher avec moi, n'est-ce pas ? Quand on est une belle femme c'est toujours la même refrain.
- Oui vous me plaisez ! Mais ce n'est pas aussi simple que ça... Quant à faire l'amour je n'en sais rien pour l'instant. Je ne me suis pas posé la question. Je vous ai regardé et vous m'avez souri. D'ailleurs je ne sais pas qui a souri le premier. Voilà c'est tout ! C'est simple. Un regard croisé cela veut dire pas mal de choses. Les yeux se moquent des convenances. Pour moi les

sourires sont comme des ponts. Ensuite viennent les mots. Eux ont une aspect chimique. Ils habillent la séduction. Si je dis des conneries vous n'aurez pas envie d'aller avec moi. Et c'est la même chose en ce qui me concerne.
- Et ce que j'ai raconté cela vous plaît-il ?

J'éclate de rire.
- Les femmes émancipées m'attirent et me font peur à la fois. J'ai bougrement envie de vous connaître mais en même temps vous m'intimidez.

Je n'ai pas le temps de poursuivre. Une ombre grise s'interpose soudain entre nous. Je lève les yeux surpris. C'est le chanteur. Il sent la transpiration et il est d'une impolitesse rare.
- Allons dîner, dit-il sans préambule.
- Excusez-moi ! Je dois y aller.

Je me lève précipitamment pour la laisser passer. Elle me tend la main. C'est une main dure, nerveuse et ça me plaît. C'est nouveau. La poignée de main qu'offrait ma femme était douce. L'on aurait dit une feuille d'automne prête à se décrocher de sa branche.

Après avoir dîné je réintègre le salon et m'installe au bar.
L'orchestre accorde ses instruments. Derrière le rideau rouge de la scène j'imagine ma danseuse. Et je me rends compte que je n'ai pas eu le temps de lui demander son nom. Ce n'est qu'à la troisième chanson qu'elle apparaît. C'est le même costume à paillette de la veille. Mais cette fois c'est avec un autre œil que je la regarde.
Je me laisse rêver. De temps en temps nous échangeons un bref coup d'œil complice et je me plais à croire que son sourire est pour moi. Quand elle s'en va sous les applaudissements mon thé à la menthe est froid et je l'avale d'un trait. J'attends patiemment qu'elle veuille bien se manifester. Mais j'en suis pour mes frais… Elle a disparu. Alors déçu, je m'en vais faire un tour sur le pont. Comme la veille l'humidité de la nuit me remet les idées en place. Qu'est-ce que je me suis imaginé ? Je

dois accuser dix ans de plus qu'elle. Certes, je ne suis pas un type bedonnant grâce à la fonte mais mon visage porte les rides de mon passé récent et douloureux. Je ne suis pas habillé à la dernière mode et ça fait trois jours que je ne me suis pas rasé. C'est aussi la première femme que je regarde avec intérêt depuis la disparition de ma famille. La première fois qu'un sourire me fait oublier le drame qui recouvre mes souvenirs d'une épaisse poussière grise et morbide. Sans doute cette femme est trop bien pour moi. Si je devais lui faire l'amour je ne suis pas certain que je pourrais. En fait nous avons très peu parlé. Juste un banal échange de politesse sous le ton de la plaisanterie. Demain nous arrivons à destination. Chacun va s'en aller de son côté. Je ne la reverrai plus. Ainsi va la vie. On croise quelqu'un. On se parle un peu. On s'imagine beaucoup. Puis on se tourne le dos. Ensuite le temps efface très vite cette rencontre qui aurait pu être un autre chemin s'il s'était passé quelque chose. C'est vraisemblablement une affaire d'individu. Il y a des gens qui savent transformer leur rêve en réalité. Ils agissent, ne se morfondent pas accoudé au bastingage d'un bateau la nuit. Face à une mer noire et infinie.

Le vent a tourné, ou le cap du navire a changé, ce qui a pour effet de rabattre sur moi les épaisses fumées nauséabondes des cheminées. Il est temps d'aller me coucher. Demain promet d'être une journée chargée.

Tout le monde désire une autre vie

Le réveil est matinal. Je suis en grande forme, le sommeil ayant respecté le pacte d'une nuit entière de repos je me dirige vers le bar et m'assieds à une table basse, derrière la vitre qui donne sur la mer. Je profite de ce moment de tranquillité pour finir mon livre en attendant que la cafétéria ouvre ses portes. Puis, c'est le café et la brioche. Comme la veille je cherche du regard ma danseuse. Je file à sa recherche. Enfin je finis par la trouver sur le pont en train de contempler les côtes marocaines qui approchent. Je m'installe à côté d'elle sur un siège libre.
- Bonjour ! dis-je sur un ton qui se veut désinvolte.

Je n'en mène pas large. Je suis comme un adolescent. C'est la dernière chance. Je dois aller de l'avant. Connaître son nom et son numéro de portable. Mes mains ont la tremblote. Mon cœur s'est accéléré. Et pire que tout je sens mes joues s'empourprer. Heureusement, elle ne m'a regardé que deux secondes, le temps de répondre à mon bonjour, puis elle s'est replongée dans la contemplation du paysage. Elle me dit tout de go sans détourner le regard :
- Vous aviez disparu ?
- Comment ça ?
- Je vous ai cherché hier soir mais vous n'étiez plus au bar.

Je suis stupéfait.
- Pourtant je vous ai attendu.

Elle éclate de rire et se tourne vers moi. Elle est magnifique.
- Vous ne savez pas qu'une femme est longue à se préparer. Le gars du bar m'a dit que vous veniez à peine de partir.
- J'étais sur le pont à prendre le frais.
- Je suis allé faire un tour dehors mais je ne vous ai pas vu. Je dois dire qu'il faisait frais et j'étais en tenue légère.
- Merde ! Je me suis raté ça.
- C'est dommage pour vous. J'avais mis une robe décolletée.

Si ce n'est pas de la provocation cela y ressemble beaucoup. Je me rends compte que j'ai été à deux doigts de coucher avec elle. Cela me rassure et m'épouvante. Paradoxalement cela me calme et mes battements retrouvent un rythme normal.

- Comment vous appelez-vous ?

- Cassandre.

 - Ce n'est pas vrai ! réponds-je étonné.

- Mon vrai prénom c'est Yasmine. Lequel préférez-vous ?

- Je ne sais pas… Cassandre c'est bien. C'est surprenant.

- Si vous voulez me donner un autre prénom ne vous gênez pas. C'est comme si vous m'offriez une autre vie.

Je suis abasourdi.

- Vous voulez une autre vie ?

- Tout le monde désire une autre vie, n'est-ce pas ?

- Ma foi c'est bien vrai.

- Vous voyez. En me donnant un autre prénom c'est comme si j'étais une autre.

- Oui mais cela ne change rien.

- C'est vrai. Mais ça me suffit. Vous me trouvez bizarre ?

- Oui ! Mais j'aime beaucoup.

Je voudrais lui répondre un truc original mais les phrases me manquent. D'autant que j'ai peur que l'escogriffe de la veille se manifeste et vienne encore me l'enlever. Avant cela il me faut son téléphone. Alors je me jette à l'eau.

- Au fait ! Je pourrais avoir votre numéro de téléphone ?

- Pourquoi ?

- Dans le cas où votre petit ami viendrait encore vous enlever. Comme ça je pourrais vous retrouver…

- Ce n'est pas mon petit ami même si j'ai couché avec lui.

 A ma mine déconfite elle éclate de rire.

- Mais non ! Je disais ça juste pour plaisanter. J'adore dire des bêtises. Non ! Ce gars je le connais depuis mon enfance. On est du même bled. Nos parents se connaissaient et ils sont venus en France en même temps. Vous voulez vraiment mon numéro de téléphone3,, minaude-t-elle ?

Elle se penche et attrape son sac qu'elle pose sur ses genoux.
Elle fouille dedans. Il y a de tout. Ce fouillis aussi me plaît.
Mon épouse était très ordonnée et son sac était minuscule. Le
sien c'est un véritable bazar. Une boutique ambulante. Elle finit
par extirper une carte de visite et un stylo tout mâchonné. Elle
rature le nom et le numéro inscrit. Elle en écrit un autre.
- Là-dessus je m'appelle Barka. C'est le nom de mon ex-mari.

Elle a écrit Cassandre. Avec juste son nouveau numéro.
Tandis que le port grossit, l'effervescence gagne le bateau. Les
bagages, s'accumulent le long des couloirs. Gesticulations, cris,
énervement et aussi bonne humeur. Le voyage touche à sa fin.
La plupart des passagers possèdent des véhicules et ce sont des
files encombrées qui prennent le chemin du fond de cale. Les
autres sont à pied et ils sont plus relax. Ils prennent le temps et
admirent la dextérité du pilote lors de l'accostage, de découvrir
les premières images de ce Maroc et bien sûr de prendre aussi
quelques photos.

Le premier coup de sirène a plombé toutes les conversations.
Yasmine a cessé de parler et s'est levée précipitamment. Elle
m'a embrassé sur les joues et dans une pirouette m'a tourné le
dos. Je l'ai regardé disparaître dans la foule sans savoir d'où
elle venait et où elle allait. Dans ma poche je serre le minuscule
carton avec son numéro. A quoi bon ! Et je suis tenté de le jeter
par-dessus bord. Mais je me ravise et fonce dans ma cabine
récupérer mon sac.

A mon tour je débarque en me faufilant avec difficulté entre les
voitures prisonnières dans le ventre du ferry. Je suis parmi les
premiers à descendre. Après avoir traversé la gare maritime, je
me retrouve sur un parking immense et encore vide. Je passe la
barrière de la porte d'entrée. Tirant mon sac à roulettes, je me
trouve, subitement, seul, livré à mon voyage. Le soleil est déjà
bien en place. Et il fait chaud. Bien plus que sur le bateau.

Une dizaine de grands taxis attendent sur l'asphalte brûlant. Je
m'enquière du prix pour me conduire à la gare routière qui se

trouve à deux kilomètres d'après ce que j'ai appris en discutant avec le vieil homme sur le bateau. Le chauffeur ne veut pas de mes dirhams mais seulement des euros. Il en réclame huit. Ma première réaction est de trouver que c'est cher. Je suis touriste et à ce titre je suis une bonne poire. Je préfère tenter ma chance à pied. L'avenue est interminable mais je progresse d'un bon pas malgré l'air quasi irrespirable. Je pénètre dans un quartier bruyant, encombré de cris, de klaxons, de voitures allant au pas, Je suis sollicité sans arrêt par des vendeurs. Après un flottement je comprends pourquoi une telle animation. C'est une frontière. Devant c'est Melilla... Une ville que j'ai traversée il y a plus de trente ans. En fait, je ne suis pas dans la bonne direction.

J'aperçois un petit taxi bleu et ayant révisé mon jugement sur le prix, devant la difficulté à me frayer un chemin dans ce quartier je n'ai plus aucune hésitation pour le héler. Mais celui-ci me fait comprendre dans son langage que seuls les grands taxis ont le monopole de la gare routière qui se trouve en réalité à douze kilomètres. Ainsi mes renseignements étaient faux et je cherche alors un grand taxi. Je parviens à la longue à en dégoter un qui attend nonchalamment garé sur un trottoir, face à des échoppes grouillantes de monde. Soulagé, harassé, je me laisse choir sur la banquette craquelée de la vieille Mercedes et m'informe du prix de la course. Cette fois-ci c'est six euros pour Nador. C'est super ! J'ai gagné deux euros et une chemise trempée de sueur.

Somme toute, ce taxi est une aubaine. Il me débarque devant la gare routière. Un quart d'heure plus tard pour soixante dirhams je prends place dans un antique bus pour Fès. Le départ est fixé à neuf heures trente. J'achète une bouteille de Sidi Harazem et vers les dix heures, après des hésitations, des ralentissements, des faux départs, des palabres, nous quittons enfin la ville. Il fait vraiment chaud mais dès que le véhicule roule, l'air brassé par les fenêtres ouvertes tempère l'intérieur. Je suis assis vers l'arrière et toutes les places sont occupées.

Le voyage a duré six heures pour faire trois-cents kilomètres. Avec en prime sept barrages de police, six fouilles des soutes à bagages. Ceci, d'après mes spéculations, pour mettre la main sur deux africains que le chauffeur avait pris à son bord. Puis vite abandonnés avant le premier barrage de police pour qu'ils aient l'opportunité de s'enfuir à travers le bled. C'est pour cette raison qu'ils n'ont eu de cesse de nous stopper tout au long du parcours.

Enfin, vers les seize heures je dépose mon sac sur le trottoir de Fès. C'est le terminus. Il ne me reste plus qu'à trouver un petit taxi. Mais ici, cela semble plus facile et dix minutes plus tard, une antique fiat rouge me débarque devant l'hôtel Batha. Luxe anachronique à cent mètres de la médina et de sa pauvreté.

A l'intérieur une réception cossue m'accueille. Derrière il y a un patio pourvu d'une grande façade de céramique sur laquelle ruissellent des filets d'eau torsadée. Autour, des tables pour se poser et boire un verre. Un employé me mène à ma chambre. Moderne, télé, sans cachet mais dans un bleu méditerranéen qui lui octroie un air de gaieté. La bâtisse possède une immense cour intérieure à deux niveaux, avec une piscine dans l'une des ailes. Toutes les chambres sont alignées sur trois étages dont les balcons qui entourent la cour dans le style andalou.

Je déballe mes affaires et range mon portable sur la table de nuit. Après une bonne douche pour ôter la transpiration de mon odyssée routière je quitte la chambre et je vais me caler sur un fauteuil à proximité de la piscine avec un verre de Coca-Cola bien frais. Je tiens dans ma main le téléphone et dans la poche poitrine de ma chemisette il y a le carton avec le numéro de Yasmine. J'hésite. Je soupire. Puis je fais le numéro. C'est le répondeur. Je bafouille lamentablement avant de mettre fin à la communication.

Une demi-heure plus tard je suis sous la porte Bou Jeloud. La médina se réveille après la torpeur de l'après–midi. Les ruelles fourmillent. Il fait bon et il y a un peu d'air et je me sens grisé par l'ambiance. Des femmes assises, sont en parlotte, avec les enfants qui jouent autour. Les cafés regorgent d'hommes, bien sûr, devant le sempiternel verre de thé à la menthe. Pas une bière sur les tables, ni un apéritif, plutôt des sodas pour les rares qui ne désirent pas de thé.

Il est presque dix-neuf heures trente... Soudain les muezzins propagent la parole d'Allah. Mais pour les infidèles, comme moi, cette superposition d'appels à la prière, par tout un tas de micros interposés, n'est qu'une joyeuse cacophonie. Me revient alors l'image de cet homme, d'âge mur, que j'ai aperçu dans une station service de la petite ville de Taza où le bus avait fait le plein de carburant. Il avait sorti son tapis de prière pendant que l'employé lavait son espace Renault immatriculé 91. Sept fois, cet homme a posé son front sur le tapis dirigé vers la Mecque. J'ai bien compté jusqu'à sept, le nez écrasé contre le carreau de la vitre, avant qu'il ne se relève et qu'il ne jette le tapis sans autre cérémonie dans le coffre de la voiture. Comme si prier relevait d'une corvée à laquelle il fallait se soumettre pour être bien vu par son voisin... J'ai été surpris par ce geste désinvolte. Je pensais que la religion musulmane exigeait que l'on traite avec bien plus d'égard cet objet de prière.

A l'hôtel m'attend une tajine au bœuf. L'appétit me fait oublier la fatigue de la journée. De retour dans ma chambre je rappelle Yasmine. Quand j'entends sa voix je suis ravi. Elle n'a pas écouté ses messages, me dit-elle. Nous discutons aimablement. Je suis curieux du lieu où elle se trouve. Elle est à Casablanca. Je lui souhaite une bonne nuit et lui envoie un baiser virtuel.

C'est à cet instant précis

Le lendemain j'émerge à six heures mais j'ai la flemme de me lever. Je patiente jusqu'à huit heures, le corps au repos mais l'esprit éveillé. Après avoir pris un sérieux petit déjeuner à la salle de restaurant je m'en vais piquer une tête à la piscine. Ce matin je dois aller récupérer une voiture de location que j'ai réservée.

Contiguë à l'avenue Hassan je déniche après des hésitations l'agence de location. Par l'intermédiaire du Guide du Routard j'ai réservé, pour 450 euros, une Clio pour une durée de dix jours. Mais une tuile me tombe dessus. C'est à ce moment-là précis que l'extraordinaire de mon récit débute... Le gérant n'a pas fait correctement son boulot. Il n'y a aucune voiture de disponible. Devant ma colère et mon insistance il pousse une porte et me montre le garage. Il est vide. Au fond il y a une voiture sous une bâche grise. Il referme la porte et tente de m'orienter sur une autre agence. D'un ton peu aimable je lui demande :
- C'est quoi cette voiture au fond ?
- Elle est à vendre. Mais elle est ancienne.
- C'est quoi ?
- Une Peugeot !
- Mais encore, dis-je énervé.
- C'est une 403. De 1964. Mais elle est impeccable, rajoute-t-il comme pour s'excuser de la vétusté du véhicule.
- Combien vous la vendez ?
- Mille cinq cent euros.
- En dirhams ça fait combien ?
- Je préfère des euros.

Je hausse les épaules. Il semble se ficher de moi. Mais la curiosité l'emporte. Je lui demande à la voir. Nous retournons donc dans le garage et il ôte d'un geste large la bâche en nylon. J'ai un haut-le-cœur. Cette bagnole c'est celle de mon père... La même couleur ivoire avec les sièges en cuir rouge. La carrosserie est impeccable ou presque vu l'âge. En meilleur état

à première vue que celle du fameux inspecteur Columbo. Je m'assieds au volant et lui demande la clef de contact. Elle est dans la boite à gant. Je tourne la clef et la voiture démarre au quart de tour.
- Le moteur a été refait, dit-il laconique.

J'appuie rageusement sur l'accélérateur pour tester. Les pistons répondent à merveille. J'en suis abasourdi. Certes le confort de cette voiture est celui d'autrefois. Pas de climatisation. Que de la nostalgie ! Étant donné ma situation je suis tenté par ma nature impulsive. Sans réfléchir davantage je lui dis :
- Mille euros. Pas un sou de plus.
- Mille trois cents, attaque-t-il suivant les lois du marchandage.

Mais je ne suis pas d'humeur.
- Écoutez ! Vous m'avez foutu dans la merde en oubliant de me réserver une voiture. De plus vous avez encaissé les cent euros d'acompte que je vous ai expédiés il y a un mois. Je vais croire que l'hospitalité marocaine n'est plus celle que j'ai connue dans le temps. Lorsque mes parents habitaient à Rabat…
- Vos parents sont de Rabat ?
- Mon père construisait des barrages dans le sud. Le roi l'a même décoré.
- Sa majesté Hassan ?
- Lui-même en personne !

Le gars semble impressionné. Il réfléchit et me propose :
- D'accord pour mille euros mais je ne vous rembourse pas l'acompte !

J'acquiesce et nous nous serrons la main. Mais avant je lui fais ouvrir le capot. Il n'y a pas une goutte d'huile qui suinte dans le moteur. Il n'y a pas à dire. La Peugeot c'est quelque chose ! Les démarches administratives étant remplies, le gérant me donne les clefs en début d'après-midi. La voiture attend devant la porte. Elle a eu droit à quelques sauts d'eau et à un bon coup de chiffon. Je suis comme un enfant qui vient de trouver le jouet de son enfance. J'en ai presque les larmes aux yeux quand je m'installe au volant. Des les premiers kilomètres, elle donne des signes d'inquiétudes : elle a tendance à s'étouffer au moment de passer en quatrième. Mais, ceci mis à part, elle marche bien.

Je roule au hasard en savourant cet instant éphémère. Je me retrouve sur les hauteurs qui dominent la cité qui resplendit de blancheur. Des milliers de blancs différents, sertis d'ombres grises. Quelques couleurs par-ci et par-là sur les terrasses. Garé sur un parking désert je suis toujours sous le charme. L'hôtel « les Mérinides » est à une centaine de mètres. Un petit taxi en maraude passe à vitesse réduite sur le chemin puis le silence reprend possession des lieux. J'ai le besoin de respirer et je sors de la voiture et m'accoude sur le remblai. Déjà un gamin, sorti de nulle part, surgit derrière la voiture pour me vendre quelques babioles. Je l'éconduis poliment mais fermement.

De la veille ville monte les rumeurs de la vie. Les terrasses, par milliers, font des alvéoles à l'image d'une immense ruche. Elles cachent les rues remplies par une activité millénaire. Le ciel est bleu, propre, chaud. En contrebas, sur les contreforts de la colline, sous l'hôtel, des feux de bergers ou d'ordures brûlent et tâchent le ciel par des fumerolles qui serpentent lentement. Je me perds en contemplation dans ce spectacle. Un sentier me conduit vers des ruines jaunies, vraisemblablement les restes d'un ancien palais. Un olivier centenaire au-dessus d'un ravin me tend son ombre et je m'y installe.

Je m'empare de l'appareil photo et immortalise la vieille dame blanche qui s'éparpille, qui se répand depuis toujours dans cette vallée. J'arrive à repérer grâce à mon plan le minaret de la mosquée des Andalous, et aussi celui de Moulay Idris. A droite, un cimetière, avec ses tombes immaculées, semble planté dans une immobilité éternelle. Un petit vent léger me rappelle que je suis à 550 mètres d'altitude et je l'apprécie à sa juste valeur.

Enfin, rassasié de tant de splendeur, à contre-cœur, je repars vers la voiture. Je délaisse un sentier sableux qui descend à travers le jardin caillouteux semé d'oliviers, de plantes grasses, qui borde les flans de l'hôtel. Plus bas, la route et son trafic important montrent que Fès est aussi une ville d'aujourd'hui. Sur le parking il n'y a rien. Sinon ma vielle 403 et une absence totale d'ombre. J'ouvre la portière et dedans c'est un four.

Voilà ! C'est à cet instant précis que tout a basculé.

Ma vie rationnelle est subitement passée de l'autre côté. Je n'ai aucune explication et surtout je n'en aurai aucune. Je mourrai sans savoir ce qui m'est réellement arrivé. Je ne crois pas à une intervention divine. Car je suis un incorrigible athée. Une force surnaturelle alors ou un dérèglement de la nature ? C'est sans doute cela. Un dérèglement de l'espace temps. Pourtant c'est encore pire que cela.

Sous la gifle de la chaleur et l'aveuglante lumière qui inonde le pare-brise j'ai fermé les yeux quelques secondes. Quand je les ouvre à nouveau la voiture n'est plus au même endroit. Je reste comme un con, le corps tétanisé par la stupeur. Impossible de bouger... L'air n'est plus le même. Il y a bien du soleil mais il n'est pas agressif. Je n'ai plus le panorama sublime de Fès devant. Mais un long mur. Un bâtiment qui court tout au long d'un trottoir. Je suis dans une rue. Mais une rue qui n'a rien à voir avec le Maroc. En face il y a des maisons anciennes. Des jardinets sur le devant. Une voiture est garée plus loin. C'est une Citroën de la même génération que ma Peugeot. Un gamin passe en vélo à un mètre de mon capot. Il me jette un regard rapide mais je suis incapable de voir son visage. Ma vue est brouillée par l'angoisse. Qu'est-ce qui m'arrive ? Me suis-je évanoui ? Depuis combien de temps suis-je là ? Qui a déplacé ma voiture ? Nom de Zeus ! Le numéro de la voiture en face c'est quoi, me dis-je ? Une immatriculation qui se termine par 04. Ce que l'on appelait avant le département des Basses Alpes. Ce n'est pas possible ! On dirait la France. Et cette rue je la reconnais. Soudain elle surgit de mon passé. D'un village de Provence… J'ai vécu dans cette rue en totale liberté. La maison bleue aux volets blancs plus loin sur la droite c'est celle où nous avons vécu quelques années. J'étais enfant et j'étais en sixième. Et ce long mur c'est celui de mon école. Je n'avais que la rue à traverser pour aller de chez moi à la cour de récréation. Il me faut du temps pour desserrer les mains qui agrippent le volant et m'extirper de la voiture. Dehors l'air est agréable et soudain j'entends de la musique qui s'échappe de la villa d'à côté. C'était celle de nos voisins. Des réfugiés d'Algérie. La voix de la chanteuse m'abasourdit. C'est Sheila ! Et la chanson c'est son fameux disque : « l'école est finie ! » Je suis en 1963.

Je ne peux pas avancer. Je me suis appuyé sur le capot de la voiture. C'est stupéfiant, incompréhensible.
Brusquement une sonnerie stridente retentit. J'ai failli avoir une crise cardiaque. Mais elle agit plutôt comme un électrochoc et je retrouve mes moyens. Les cris des enfants remplissent le silence du village. Des gamins déboulent par le trou du grillage qui sépare la cour de récréation de la rue. L'entrée de l'école est de l'autre côté, dans une autre rue et je me rappelle que c'était pour cette raison qu'avec des copains nous avions pratiqué ce passage dans le grillage pour ne pas avoir à faire le tour. Il y a trois gamins. Deux s'en vont en galopant le troisième traîne son cartable et pénètre dans la maison bleue. Ce n'est pas possible ! Ce gamin c'est moi ? Non ! tente-je de me rassurer. C'est un gosse qui me ressemble étrangement. Je ne peux pas regarder la villa de mes parents. Cela m'effraie. Je ferme les yeux dans l'espoir de me réveiller de ce cauchemar. Quand je les ouvre l'enfant n'est plus là. Et Sheila ne chante plus. Comme un fou je me réfugie dans la voiture. Et je me cogne le front au volant. Mon cœur s'emballe et je m'évanouis. Enfin je crois… Quand je sors de cet état je suis à nouveau sur le parking à Fès.

Comme un zombi je regagne l'hôtel et, par chance, je trouve facilement à me garer. Je charge un vieux gardien en djellaba et propriétaire d'une jambe de bois de veiller sur mon acquisition. Le soleil tape encore de plus belle et je plonge avec délice dans la piscine. Accroché au rebord je ne fais même pas l'effort de nager. Juste me tremper. Me rafraîchir le corps et l'esprit. L'eau clapote doucement à mes oreilles. L'ambiance ouatée de l'hôtel me calme. De retour dans ma chambre, je me change et tente d'oublier l'incident. Cela doit être la chaleur. J'ai sans doute eu une insolation. Pour lutter je décide de faire un tour. La veille j'ai repéré un restaurant, celui de l'hôtel Cascade, à l'entrée de la médina. Sous la porte Bou Jeloud j'admire les céramiques qui la décorent. Je n'ai toujours pas mangé. C'est un peu tard mais c'est encore possible d'être servi. Je choisis pour ne pas déroger à la règle un couscous et un café pour dix dirhams. Ma bourse a été largement entamée avec l'achat de la 403. Le décor est typique avec des banquettes et des coussins, mais la salle est fraîche. L'hôtel possède une terrasse et j'en profite pour faire des prises de vue des toits et des ruelles qui nous entourent.

Le repas dans mon estomac, une bouteille d'eau dans le sac, casquette et lunette de soleil en place, je descends, guilleret, la rue principale qui m'aspire dans les profondeurs de la médina.

J'ai tôt fait d'arriver à proximité du quartier des tanneurs et un jeune gars m'accoste discrètement et me propose de me guider parmi le dédale des rues. Il se méfie car il n'est pas un guide officiel, et pour éviter d'être repéré, il marche devant moi en me faisant de discrets signes de la main. Amusé, je joue le jeu. Il a l'air honnête et n'a pas osé me parler d'argent prenant le risque de me conduire car rien ne l'autorise à penser que je ne suis pas radin ou profiteur sans scrupule. Ces jeunes dans les rues font peine à voir. La vie pour eux n'est pas tendre. Il me dit s'appeler Ayoub et je lui trouve une dégaine sympathique. Il a les écouteurs de son walkman vissés sur les oreilles. Il écoute du rail. Il me fait passer par des ruelles spéciales et je constate avec plaisir qu'il n'y a aucun autre touriste. Nous rencontrons de nombreux artisans au travail. Les magasins où il me propose de pénétrer ne font pas partie de la liste des guides officiels. Je découvre ainsi, tour à tour, une boutique d'herbes et d'essences sauvages, un fondouk sorti du Moyen-Âge, une tannerie où un homme piétine des peaux, plongé à mi-corps dans un trou d'excréments de pigeons, un forgeron, et bien d'autres lieux où la vie quotidienne se déroule, comme si le temps ici n'existait pas. Enfin, nous nous arrêtons devant la porte anodine d'un immeuble. Je sais pour y être venu avec mes parents que nous sommes devant la boutique d'un marchand de cuir qui se fait appeler Ali Baba.

Nous grimpons dans un escalier étroit pour déboucher dans un magasin rempli jusque dans les moindres recoins. Le plafond est couvert de sacs, de babouches, de ceintures, de poufs, de tapis et bien d'autres objets. Une véritable caverne digne des Mille et Une nuits mais surtout, et c'est ce qui fait la célébrité de l'endroit, la vue est sans comparaison sur les tanneurs qui œuvrent dans leur pénible besogne de galérien de l'autre côté de l'immeuble.

Ali Baba me propose un whisky. Je suis si décontenancé que je refuse le verre. Et puis avec cette chaleur c'est plus prudent. Surtout avec les hallucinations que j'ai eu tout à l'heure. Voici un musulman qui sait recevoir un occidental.

Je lui achète une ceinture tressée, un porte-monnaie en cuir jaune, une façon de lui rendre sa politesse et pour le remercier d'avoir pu profiter de son balcon pour faire quelques photos. En réalité, les touristes ne viennent ici que pour cette raison. C'est le balcon qui représente le fond de commerce.

Dehors, j'abandonne mon jeune guide et lui glisse un billet de cinquante dirhams dans la main. C'est peu pour moi mais pour lui c'est beaucoup. Il me salue joyeusement en disparaît au coin de la rue. En flânant, je retourne à l'hôtel grâce à mon sens de l'orientation. Il vingt heures.

La piscine est encore la bienvenue.

Le portable a sonné après le repas. Je sais que c'est Yasmine car personne ne m'appelle d'habitude. Car depuis l'accident et ma dégringolade sociale les pseudos amis m'ont tourné le dos. A leur décharge je ne les ai jamais sollicités. Si j'ai conservé un portable c'est par habitude, pour faire comme les autres. Et ce soir je m'en félicite. Par contre j'ai toujours autant de mal à converser avec cet instrument plastique collé à l'oreille. La conversation est écourtée. Elle désirait me souhaiter une bonne nuit et m'informer qu'elle se rendait prochainement à Essaouira en laissant entendre, si je passais par là, qu'on pourrait se voir. Couché, la lumière éteinte, j'avoue que j'ai eu du mal à trouver le sommeil.

Demain je pars pour le sud.

Je rêve que je suis en 1963

Six heures trente. Je descends régler la note de mon séjour. La démarche ensommeillée, mon sac sur le côté, je rejoins mon antiquité de voiture. Le vieux type est là sommeillant sur un tabouret, un transistor éteint à ses pieds. Quand il me voit il se lève comme un jeune homme. Je lui donne un billet et il me remercie. Une médaille militaire qui doit sacrément dater est accrochée sur sa poitrine. Il me tend une main calleuse et je la serre avec une certaine émotion.

Les rues de la ville ne sont guère encombrées et j'ai tôt fait de trouver la direction d'Ifrane. Quand j'accélère, je constate avec soulagement malgré quelques hésitations du carburateur, que la 403 répond parfaitement aux sollicitations de mon pied sur la pédale. La route est avalée sans problème et je traverse Azrou puis ce sont les premières bâtisses de Midelt. Les paysages sont grandioses. Je traverse d'immenses forêts de cèdres, je longe des canyons, passe des cols, aperçoit des pics. La montagne aride est de plus en plus sèche. La terre, tour à tour, ocre, rouge, jaune, noire, telle une courtisane, se pare au fil des kilomètres d'une nouvelle robe et me séduit à chaque virage. Les pneus sont mis à rude épreuve et je conduis prudemment. La route est dégagée mais je sais qu'au Maroc il faut sacrément se méfier. Un enfant peut déboucher surgissant derrière un talus. Un âne épris de liberté, une vache maigre à la recherche de sa pitance, une charrette chargée de légumes, sont autant de dangers pour les conducteurs. Sans oublier ces nombreux camions, en mal d'équilibre, surchargés dans des hauteurs démesurées, croulants sous des chargements hors normes, prenant toute la route et ne se poussant jamais pour vous laisser passer.

Peu à peu, l'air est devenu plus chaud. Je regrette le manque de climatisation tandis que le soleil monte imperceptiblement dans le ciel. Puis ce sont les gorges du Ziz, puis enfin la petite ville de Ksar es Souk appelé aujourd'hui Er Rachidia.
J'ai vu construire le barrage il y a près de trente ans. Mon père m'y avait amené durant les vacances. L'eau, ce trésor de vie est

à deux kilomètres mais je me heurte à une barrière. La route est bloquée, grillagée. A mon vif regret, je ne peux pas m'y rendre. Comme il est l'heure de reprendre des forces, je ne m'attarde pas davantage. Je file donc vers la ville. Il est treize heures à ma montre.

Je me heurte aux murs d'une garnison militaire.
Après une brève hésitation, stoppé à un embranchement, je me fais accoster, à travers la vitre de la portière que je tiens baissée, par un jeune marocain qui m'invite, dit-il, dans son restaurant. Je prends note mais je suis plutôt à la recherche d'une place à l'ombre ce qui n'est pas évident. Il y en a très peu, le soleil étant à son maximum. Enfin, à deux rues de là, derrière un mur, une place semble disponible et je manœuvre pour m'y ranger.

Le choix pour manger étant restreint, je me dirige alors vers le restaurant que l'on m'a indiqué. L'accueil est pesant car le patron insiste lourdement pour que j'aille à Erfoud, ce qui n'est pas mon intention. Il me propose de loger dans un hôtel dont il affirme être le propriétaire. Le guide est déjà là, au comptoir. Il attend déjà prêt à me faire visiter le désert ; ça pue le traquenard pour touristes ingénus. Mais je reste ferme sur ma position. Si le repas est correct cette ambiance oppressante reste toutefois gênante. Fort heureusement la salle est fraîche. Cela me permet de me reposer avant de poursuivre mon périple. Ma salade et mes trois brochettes de bœuf avalés je m'en vais non sans avoir salué le patron fort dépité. Le guide avec son sac à ses pieds me tourne le dos dans l'attente d'autres futurs pigeons.

La voiture n'est plus à l'ombre. J'aurais dû m'en douter. C'est dans un four que je prends place. Le siège en cuir est brûlant. Mais je n'ai pas le temps de démarrer car je perds conscience immédiatement.

Comme la première fois je me retrouve dans la rue de mon village provençal. Cette fois-ci je n'ai pas l'intention de céder à la panique. La rue est vide. Tout est calme. Je descends de la

403 et je fais quelques pas. Ma première observation est de constater que la voiture est garée au même endroit.

Prudemment je parcours la rue vers la maison bleue. Les volets sont tirés. Soudain une intuition me fait tourner la tête. Une dame sort de la villa voisine. Celle des réfugiés d'Algérie. Mais il y a si longtemps que je suis incapable de me souvenir si c'est bien la mère de la petite Sylvie qui jouait avec moi. C'est sûr ! Je suis en train de rêver. Il ne peut en être autrement. Pour m'en assurer j'aborde la dame et lui demande :

- Excusez-moi, madame… Voilà ! J'ai eu un accident il y a deux jours et je perds la mémoire. Le docteur m'a dit que ce n'est pas grave mais depuis je suis assujetti à des absences. Pouvez-vous me dire quel jour nous sommes, chère madame ?
- Mercredi, mon pauvre monsieur, me répond la dame avec son accent qui chante.
- Quelle année ?

Elle ouvre des yeux étonnés mais elle me précise :
-1963… Nous sommes le samedi 10 mai 1963.

Je la remercie et la laisse s'en aller... Je la regarde remonter la rue avec son cabas à la main. Je me souviens que sur la place du village, autrefois, il y avait une petite épicerie. La seule. Le propriétaire était un étranger. Un italien ou un corse… Les gens l'avaient affublé d'un sobriquet : « le bandit calabrais ». Il avait un visage allongé, bronzé et taillé sur une joue. Pour voir je lui crie :
- Vous allez voir le bandit calabrais ?

 La dame se retourne et me sourit.
- Eh bien je vois que la mémoire vous revient ! Bonne journée monsieur.

Je suis perplexe. Mais dans mon rêve tout est cohérent. Ce qui est normal puisque je rêve que je suis en 1963. Je ne sais pas quoi faire. Décidé à ne pas subir les événements je remonte dans la voiture. Je veux en avoir le cœur net. Je m'installe au volant, ferme les yeux. Je m'attends alors à ce que tout vacille, à perdre conscience. Quand je les ouvre à nouveau, je suis de retour. Je crève de chaud dans ma 403.

Une mouche bourdonne et se pose sur mon front dégoulinant de sueur. Comme un fou je descends du véhicule et je m'en écarte. C'est dément ! C'est la voiture ou c'est moi ? Je n'en sais rien. Je n'ose plus remonter dedans. Mais quoi faire ? Je me poste le long d'une maison où un mètre d'ombre tombe sur le trottoir. Comme les arabes je m'accroupis sur les talons et je réfléchis. Goulmima est ma prochaine étape. Et je n'ai que ce moyen de locomotion. Je dois attendre que ces visions disparaissent. Une demi-heure plus tard je remonte dans la voiture. Impulsivement je ferme les yeux. Je compte jusqu'à dix et je les ouvre. Je suis de nouveau dans cette fichue rue. Mon cœur bat à tout rompre mais j'essaye de raisonner. Rêve ou réalité ? Soudain j'ai une idée. Je sors de la voiture et d'un pas décidé je m'éloigne. Je débouche sur la route départementale qui traverse le village. C'est en pente et il y a un escalier qui mène directement sur la place. En face c'est l'église. Le dimanche matin nous allions à la messe. Des vieux, le béret coincé sur la tête, à l'ombre des platanes, jouent à la pétanque. Rien n'a changé.

De l'autre coté c'est l'épicerie. Je traverse la place d'un pas rapide et pénètre dans le magasin. La porte fait « glin-glin » mais il n'y a personne. Le bandit calabrais avait la réputation de s'assoupir dans son arrière boutique. C'est bien le magasin de mon enfance. Avec les mêmes produits. La même odeur. Les conserves sont alignées. Les tablettes de chocolat sur le même présentoir. Avec les bonbons acidulés que nous chapardions le jeudi après-midi. Les boites de Banania sont bien rangées sur leur étagère. Le journal Provençal est à l'entrée. Je m'en saisi d'un. Il est daté de 1963. Soudain je réalise que je ne peux pas l'acheter. Le bandit calabrais serait rudement surpris en voyant mes pièces en euros. Mais il dort… Je n'hésite pas. C'est un cas de force majeure. Je le fourre sous ma chemisette, à même la peau, et me sauve comme un voleur. Ce que je suis.

De retour dans la voiture je me concentre. Ferme les yeux. Le rêve est fini. Je suis de retour dans le four marocain. Mais putain de merde ! Le journal est sur mon ventre humide. Avec sa date, ses photos en noir et blanc d'un passé que je croyais révolu.

Un journal tout ce qu'il y a de plus réel. Un journal qui sent le papier et l'encre encore fraîche. Il y a un article sur le barrage de Serre-Ponçon en première page. Avec, à l' époque, une photo restée célèbre, celle de la chapelle sauvegardée sur son îlot au milieu du lac. Cette mise en eau avait noyé la vallée et avait fait la une dans la France entière. Cette voiture pour une raison que j'ignore est une porte sur le passé. Je ne sais pas ce que je dois en déduire. Je n'ose plus retenter l'expérience, ni refermer les yeux, ni surtout penser à ce phénomène.

J'hésite durant des minutes figées. Pendant ce temps je cuis comme dans une cocotte-minute. Je n'en peux plus. Je tourne la clef de contact et je démarre comme un fou. Les pauvres pneus miaulent sous la torture. Le gravier gicle sur le trottoir. Les vitres baissées j'aspire goulûment l'air torride qui emplit mes poumons. Je roule sur la route brûlante et droite à l'infini. Vers Goulmima…
Là-bas j'aviserai… Je retenterai l'expérience. En attendant je ne veux pas réfléchir.

Je suis dans un état second et la vieille bourrique de bagnole est à fond. Je m'en fiche. Je roule vers le futur. Ou vers le passé. Tout se mélange. Au bout d'une heure de route c'est le visage de Yasmine qui m'apparaît et je lève le pied. Il vaut mieux si je ne veux pas que ma bagnole claque sur le bord de l'enfer. La route est rectiligne, vide. Je cale le pied et le compteur affiche une moyenne convenable. Le paysage est magnifique mais je le remarque à peine. Des tourbillons de poussière soulèvent des spirales jaunes. Plus loin, le désert matelassé de cailloux noirs détourne un instant le tourment de mon esprit.
Enfin vers seize heures j'arrive à Tinerghir. C'est un onguent sur mon désarroi. La palmeraie est magnifique. C'est aussi la

plus célèbre du royaume du Maroc. Les champs de luzerne sont délimités par des haies de palmiers qui répandent à cette heure l'ombre bienfaitrice et sacrée. Cet enchantement me rassérène ou presque.

J'ai une adresse. L'auberge d'Aïcha. Elle est nichée au cœur du village. Les maisons sont séparées par des ruelles étroites de terre battue. Je gare la voiture sous le seul arbre de la place. La maison est imposante dans sa tradition architecturale. Pour y accéder un escalier offre ses premières marches à quelques pas de là. Le temps de sortir mon sac du coffre et un jeune garçon m'accueille chaleureusement. L'auberge est modeste mais c'est décoré avec goût dans la tradition berbère. Les chambres sont au premier et au-dessus trône une terrasse que je m'empresse de visiter. La vue panoramique sur la palmeraie est splendide. Devant la quiétude de ce décor champêtre j'oublie un instant mes mésaventures. Je suis ravi d'avoir trouvé ce lieu pour faire étape.

Après une bonne douche réparatrice, une douche froide, mais qui s'en plaindrait ici, je descends et je m'en vais en direction de la palmeraie. Bizarrement, des gouttes d'eau, aussi dodues que des olives, viennent s'éclater lourdement sur le sol. Le ciel est chargé de nuages noirs. Cela ressemble à un orage mais un orage qui se retient et qui se contente de lâcher son trop plein. Un gamin qui s'est collé à mes pas m'assure que c'est souvent le soir, qu'il ne pleut jamais. Ce semblant de fraîcheur est bon à prendre.

Je traverse le carrefour vide, aperçois un sentier qui part dans les champs et en quelques minutes je suis au cœur d'un éden. Silence, bruissement du vent dans les feuillages. Des palmiers, des figuiers, des grenadiers, des oliviers s'entremêlent dans une forêt anarchique. Des oiseaux blancs et ventrus chantent, et une multitude de moineaux, d'hirondelles, peuplent les recoins des sentiers, occupent les branchages et l'espace du ciel. A travers l'entrelacs des arbres, des silhouettes apparaissent. Des femmes qui vaquent sur leurs carrés de luzerne. Elles sont comme des touches blanches sur ce fond de fleurs violettes. En cette fin de journée la température est idéale. Les enfants jouent autour de leurs mères. Ce sont d'autres tâches multicolores sur ce tableau pastoral. C'est aussi un vieil homme qui me croise et qui me dit bonjour ; c'est un monde qui montre son tranquille bonheur et qui me fait saisir combien sont vaines toutes mes tribulations quotidiennes.

Assis sur le rebord d'une seguia, ces tranchées pour abreuver les plantations, je suis de nouveau prisonnier de mes pensées qui m'assaillent Comme un saligaud, traite à la quiétude de ce lieu enchanteur, je sors le portable et appelle Yasmine. C'est comme si je téléphonais dans le silence d'une bibliothèque. Cela sonne mais c'est le répondeur. Je n'ose pas laisser de message pour ne pas paraître trop lourd. Cette manœuvre désespérée à chassé toutefois ce qui me mine de plus en plus : l'étrangeté de ce qui m'arrive. Il faut que je me renseigne sur les symptômes de la schizophrénie. Soudain une femme habillée de voiles blancs avec ses trois filles s'approche, aiguisée de curiosité. Elle est souriante, mais je ne la comprends pas. Elle est intriguée par mon attitude.

Le soir tombe. C'est un instant idyllique que j'ai la chance de vivre. Mais je ne suis pas en mesure de l'apprécier à sa juste valeur. Je contemple longuement le soleil qui disparaît derrière le ksar illuminé dans des oppositions d'ocre et d'ombres jaunes. La palmeraie est un labyrinthe et je suis perdu.
Sur le versant opposé, il y a d'autres habitations. Je longe des maisons cachées derrière de hauts murs puis me fiant à mon sens de l'orientation je retrouve la direction du village. Sur le retour je croise un troupeau de touristes que j'évite d'un pas précipité.

Mon escapade a duré deux heures. Les pieds sont fatigués et la patronne, la maman du jeune homme m'a promis une tajine de poulet maison et j'en ai déjà l'eau à la bouche. C'est la tombée de la nuit. Une grappe de bambins qui jouent, qui galopent, qui crient à tout rompre, me distrait un moment. Il y en a surtout un, plus minuscule que les autres, perdu dans une djellaba trop grande, qui se déplace comme un feu follet. Il brandit un long bâton et fait semblant de vouloir s'en prendre aux autres. Ce retour inopiné vers l'insouciance, baigné par la douceur du soir, me fait plonger aussitôt dans celle de mon enfance. Je me lève, quitte la terrasse et comme dans la palmeraie, j'appelle Yasmine pour ne pas avoir encore à penser. Ce coup-ci, elle est présente à l'autre bout.

Nous discutons un moment gaiement.

Je suis surpris de constater qu'elle prend plaisir à m'entendre. Elle me le dit avec sa franchise provocatrice et déconcertante. A regret je dois raccrocher et la quitte sur un baiser téléphonique. Je suis sous le charme et je suis en train de tomber amoureux.

La nuit enveloppe les dernières maisons. Les enfants massés sous le lampadaire, un à un, s'en retournent chez eux. Le repas est prêt. La table illuminée par des bougies est dressée dans le patio. De retour dans la chambre je me couche sans tarder, sans ouvrir mon livre. Demain j'ai décidé de filer directement sur Marrakech sans faire le détour par Zagora. Il y fera trop chaud. Aux environs de quarante-huit degrés d'après ce que je sais. Tant pis pour l'hôtel avec sa belle piscine que j'avais réservé. Le déplacement pour fouler les premières dunes de sable serait trop pénible en cette saison, Le jeu n'en vaut pas la chandelle. La vérité c'est que Marrakech est proche du port d'Essaouira où Yasmine m'attend.

La nature est en désaccord

La nuit a été chaude mais je n'ai pas pu dormir. Le sempiternel muezzin s'est manifesté trop tôt à mon goût. Puis un âne est venu pousser un braiment énergique et matinal sous ma fenêtre. J'ai bu un café puis j'ai réglé ma note après une demi-heure d'attente. Ici le temps est différent. Mais je suis en vacances et je peux attendre. Dehors je dois affronter la 403. Mon sac dans le coffre je me suis assis au volant. J'ai gardé les yeux grands ouverts et me suis concentré pour ne pas penser à la Provence, à la rue de l'École, au numéro vingt, l'adresse de la maison bleue, celle de mes parents. Mais il ne s'est rien passé. Si ! Quand j'ai tourné la clef de contact le moteur s'est mis à ronfler et il m'a fait sursauter. Je me suis extrait de ma peur et j'ai roulé. Très peu. Je me suis arrêté encore devant une épicerie où j'ai acheté quatre bouteilles d'eau.

Puis j'ai changé d'avis. A connaître ses démons il vaut mieux les affronter, me suis-je dis.
J'ai l'intention de retenter l'expérience mais pas ici. Il existe un endroit où la fraîcheur sera au rendez-vous. La voiture ne sera pas un four. Peut-être est-ce cela qui me joue des tours ? Je veux en avoir le cœur net. Même si le journal le Provençal posé sur le siège du passager est là pour me dire le contraire.

Poussé par cette nouvelle énergie je m'engage donc sur la route sinueuse qui mène aux gorges du Thodrar. Elle grimpe le long d'une colline rouge, jaune, terre de sienne. Le panorama sur la palmeraie est superbe. Peu à peu, au fil des kilomètres, la roche paraît se refermer sur mon avancée. Des maisons ont poussés le long de la petite route et abritent une population souriante. Les enfants me font des signes amicaux quand ils voient passer la voiture.
 A la porte du défilé il y a beaucoup de monde. C'est la fin de la semaine. Nombreux sont venus se mettre au frais pour échapper à la fournaise. Certains ont passé la nuit sur le lit de la rivière. Ils se sont installés sur des tapis, au pied de la paroi, le plateau de thé à côté. Des enfants jouent dans l'eau. A quelques mètres,

des touristes. Il y a aussi un groupe d'alpinistes qui s'essayent à escalader ces murs vertigineux. La plupart ne montent pas haut. A première vue ce ne sont que des amateurs.

Sur la lancée j'ai dépassé le passage des gorges, j'ai continué à rouler environ trois kilomètres de plus. Autrefois la route n'était qu'une piste. Aujourd'hui, d'après la carte, elle s'enfonce dans le massif en direction de villages éloignés. La piste qui longeait la rivière a disparu sous une coulée de béton. Je me souviens que nous passions la rivière à guet et je possède encore enfouie dans un grenier, des diapositives qui immortalisent ce moment inoubliable.

Malgré ces changements le silence est toujours au rendez-vous. Je retrouve des sensations oubliées. J'écoute le bruit du vent sur les rochers et le battement de mon cœur. A regret je reviens sur mes pas et trouve une place près de la rivière. Vu la hauteur des parois et l'étroitesse du défilé il y aura ici de l'ombre toute la journée. Des maisons ont poussé dont une petite auberge. Ce site profite de la manne touristique attirée par la beauté des gorges. A mon tour, je descends dans la rivière pour me tremper les pieds. Je ne suis pas pressé de jouer avec le feu du passé. A ma Seiko, cadeau de ma femme pour mon anniversaire, il est neuf heures. Je me donne deux heures. Pour une escapade dans ma jeunesse pour savoir. Savoir quoi ? Je n'en sais rien. Mais je sens obscurément que ci cela n'est pas une rêve, il doit y avoir une raison. Et j'avoue que derrière la peur se cache la curiosité.

Je suis installé dans la Peugeot. Je respire profondément puis j'empoigne le volant comme si devais conduire à travers le temps. Les yeux fermés je me concentre. Est-ce si facile ? Je l'ignore. A voix basse je compte mentalement jusqu'à dix guettant la moindre sensation nouvelle. Lorsque je les ouvre je n'ai rien senti. Mais la porte sur le passé s'est ouverte. Ainsi je détiendrais la clef de cette étrangeté ? L'ouvrir à ma guise. Cela paraît étrange et effroyable à la fois.

La rue de l'École est ensoleillée. Prudemment je m'extrais de la voiture. Une famille entière endimanchée remonte vers moi. Le père, la mère et les quatre enfants, dont deux jumeaux. Je les connais. Ils étaient des amis à mes parents. L'aîné s'appelle Marc. C'était mon copain, il jouait de l'accordéon. Je sais tout de lui. Sa vie, ses études, son amour du parachutisme et sa mort. Sa sœur, Michelle, a fait des études d'ingénieur. Quant aux jumeaux, les deux petits, je ne sais pas vraiment ce qu'ils sont devenus. A leur tenue vestimentaire je sais qu'ils vont à la messe. C'est le rendez-vous dominical. Il se peut d'ailleurs que ma propre famille sorte de la maison pour les rejoindre. Mais cela heureusement n'a pas lieu. Je suis resté collé sur le capot de la 403. Quand nous nous croisons je les salue discrètement du menton. Mais j'évite de croiser leurs regards curieux. J'ai l'impression désagréable d'être dévisagé par des sceptres. Il faut pourtant que je m'habitue.

Je les regarde s'éloigner quand soudain un homme me parle. Je me retourne et je suis face à mon père. Il est sorti de la maison bleue pendant que je regardais les Guillaume s'éloigner. Je ne l'ai pas vu arriver et ça me fait un choc. Je déglutis péniblement pour répondre à son bonjour.
- J'ai vu votre voiture me dit-il. Elle est neuve ?

Je ne comprends pas ce qu'il me dit. Puis je saisis. Il semble davantage intéressé par la voiture plutôt que par moi-même. Je réponds en bafouillant.
- Pas vraiment.
- C'est bizarre me répond-il. J'ai le catalogue à la maison. C'est pourtant le dernier modèle.
- Ah ! si vous le dites. Oui c'est vrai, elle a quelques mois…

Cette réponse semble le satisfaire. Il en fait le tour et laisse sa main caresser amoureusement la carrosserie. C'est la gauche et j'aperçois soudain sa montre. Il la portait toujours à l'envers, à l'intérieur du poignet. Cela me fait bizarre. Je suis enseveli par l'émotion. Je le regarde mieux à la dérobée. Il doit avoir dans les trente-cinq ans. Il a déjà perdu sa minceur de jeune homme, celle de ceux qui ont vécu leur adolescence sous l'occupation allemande. A ce jour il a derrière lui dix ans de chantiers sur les barrages, de cigarettes brunes, d'alcool et de gueuletons avec les collègues. Il est déjà lourd. Puis il me fixe intensément et j'ose affronter ses yeux verts. Il allume une autre cigarette avec le mégot encore fumant de la précédente. Il a fait ça presque toute sa vie. Il me dit sans se douter qu'il parle à son fils :

- J'ai la même dans le garage. C'est un ancien modèle et elle est noire. Je l'ai eu d'occasion... En septembre, avec mon épouse, nous avons l'intention de demander un crédit à la banque pour acheter la même que la votre. Je veux dire ce modèle-ci.

Il se tait puis rajoute :

- On hésitait sur la couleur. Mais maintenant que je vois cette peinture écrue, cela me plaît bien. Et les sièges aussi…

J'ai brusquement envie de me jeter dans ses bras, et de lui dire qu'il va acheter exactement la même. Que le jour de la livraison son fils était le plus fier des petits garçons. J'ai envie de me blottir contre sa poitrine qui pue le tabac et d'oublier mon futur. Mais à quoi bon ! Je ne suis qu'un inconnu pour lui.

Pour entretenir la conversation je lui demande :
- Vous n'allez pas à la messe ?
- Pourquoi vous me dites ça ?
- Je viens de voir passer une famille qui m'avait tout l'air de s'y rendre.
- Ah ! Ce sont les Guillaume sans doute. Mais ai-je une tête à aller à l'église ?
- Pas spécialement mais vous êtes en veste, chemise et cravate. Comme votre ami qui vient de passer.
- Je vois... Mais comment savez-vous que nous sommes des amis ?

Pris en flagrant délit je m'en sors par un mensonge :
- J'ai entendu un des gamins parler à ses parents. Il voulait savoir pourquoi vous-même et votre famille vous ne les avez pas rejoints.

- Je comprends... Cette fois-ci nous prenons la voiture. Mon épouse est fatiguée. Je suis descendu pour la sortir du garage et puis j'ai aperçu la votre.
- Ah d'accord ! dis-je avec un brin de soulagement.
- Bon ! Je dois vous laisser. Mais c'est quoi l'immatriculation ?
- C'est le vermicelle marocain.
- Vous êtes de là-bas ?
- Oui ! réponds-je assez évasivement.
- Et ce n'est pas dangereux ?

Je me demande pourquoi il me dit cela et je réalise que nous sommes en 1963.
- Non pas vraiment. La situation n'a rien à voir avec l'Algérie.
- Je n'ai jamais quitté la France… Sauf l'année dernière. Nous sommes allés en Espagne pour les congés.
- Le Maroc est un beau pays.

Je ne peux pas lui dire qu'il va y vivre douze ans. Qu'il aura l'occasion dans le cadre de sa profession d'aller dans toute l'Europe et même à New York. Mais je peux toutefois lui vanter les beautés du Maghreb. J'ai le sentiment soudain qu'il a choisi la couleur de sa future 403 en voyant celle-ci. Quand il a eu, quelques années plus tard, à opter pour sa promotion entre le Brésil et le Maroc, peut-être cette conversation a-t-elle pesé dans sa décision ? Il me dit :
- Vous habitez là-bas ?

Je mens effrontément. Que puis-je faire d'autre ?
- Oui je suis professeur de mathématiques à Rabat. Au lycée international Descartes. La vie y est agréable… Les marocains sont des gens sympathiques et accueillants.
- Vous dites qu'il y a un lycée ?
- Oui ! Rabat c'est la capitale. Il y a de nombreuses ambassades et aussi des consulats. C'est une ville cosmopolite. En général le niveau des classes est excellent. Les lycéens obtiennent leur bac comme en France.

Je constate qu'il est très intéressé. Cela ne m'étonne point. Mon père a toujours privilégié l'éducation de ses enfants. Il avait surtout de grands projets à mon intention. D'ici deux à trois ans il va refuser une promotion en Corse sous prétexte que la vie des enfants y est trop facile. Le soleil et la mer ne sont pas compatibles avec des études, lui avait confié sous le ton de la confidence un directeur d'établissement scolaire à Ajaccio. D'ailleurs quand mes parents vont prendre la route vers le Maroc, en septembre 1968, ils me laisseront en France en pension chez les jésuites. La mer et le soleil sont aussi à Rabat. Ma sœur a échappé à la sanction et je ne sais pas pourquoi. C'était une fille. Dans l'esprit de l'époque ses études étaient-elle moins importantes ? Ma mère a-t-elle refusé de se séparer de sa chérie ? Ou n'était-ce qu'une considération financière car la pension n'était pas donnée ?

Je vois le visage de mon père pensif. Il semble réfléchir.

- Oui ! Cela me plairait bien murmure-t-il.

Puis il rajoute :

- Excusez-moi mais je dois me dépêcher à sortir la voiture. Voyez ! Ils sont déjà là…

Je tourne la tête et regarde en direction de la maison bleue.

J'aurai dû m'y attendre, me fabriquer un airbag psychologique pour parer à ce choc brutal, pour atténuer aussi la douleur qui m'étreint la poitrine. Mon cœur bat soudain la chamade. Ma mère descend l'escalier qui mène à la porte d'entrée au premier étage. Ma sœur est sur ses talons. Celui qui referme la porte c'est moi. Je suis assommé. Malgré ma première confrontation avec moi-même, j'ai inconsciemment refoulé la logique de cette nouvelle éventualité. Revoir mon père, ma mère, ma sœur, cela je l'avais admis. Mais me rencontrer en personne c'est plus qu'effrayant. Je suis paralysé tandis que mon père me dit au revoir et tourne les talons sans se douter du drame qui se joue dans son dos. Il ouvre la porte du garage et toute la famille attend sagement qu'il manœuvre. Ma mère ferme la porte et le portail puis grimpe au côté de mon père. Les enfants se sont installés à l'arrière. Mais lorsque la voiture passe devant moi, je suis incapable de lever la main pour répondre au salut de mon père. J'ai vu brièvement mon visage. Celui d'un petit garçon d'une douzaine d'années, la raie sur le côté. Il m'a dévisagé avec une grande intensité. Et soudain, surgi de nulle part, une image, celle d'un homme qui se tenait debout, adossé à une 403, exactement comme à cet instant. Pourquoi n'ai-je jamais eu jusqu'alors ce souvenir-là ? Mais j'ai la réponse dans la seconde car pour me rappeler de ce détail précis il fallait que la boucle soit bouclée. Ce qui vient de se réaliser.

J'hésite encore sur ce que je dois faire. Je ferme la voiture à clef et m'en vais faire le tour du quartier. Je descends la rue des écoles et stoppe plus loin à la vue d'un arbre que j'avais oublié. Un amandier où j'ai passé des heures à jouer. A grignoter les fruits quand c'était la saison. C'était un bateau de pirate, un avion, un donjon ou parfois un sous-marin. Pour l'heure le petit garçon est à la messe et doit chanter à plein poumon le dernier cantique à la mode. J'ai deux possibilités à droite ou à gauche. A gauche c'est la maison des Guillaume. A droite une rue qui contourne le village. Je fais demi-tour et m'arrête devant une bâtisse. Là aussi j'avais un copain de classe. Il était enfant de cœur comme moi. La grande porte en bois du corps de ferme est fermée. Derrière je sais qu'il y a un tracteur, une herse où j'ai failli m'embrocher un fois et divers outillages agricoles. Bernard ! Le môme s'appelle Bernard. Cela ma revient.

Je remonte la rue et m'arrête devant la maison bleue. La villa voisine est fermée elle aussi. Tout est tranquille. Je sais que le portail est ouvert. Si j'osais, je rentrerais. Après tout, me dis-je, je suis chez moi. Là-haut la porte d'entrée est fermée. Je veux juste faire le tour du jardin. Me faufiler derrière le figuier pour revoir mon chemin secret.
Devant c'est le potager avec ses salades, carottes, tomates. Que des légumes. Pas de fleurs ! Elles ne se mangent pas. Mon père avait le sens pratique. Je me rends compte que je pense à lui au passé. Vu les circonstances je pourrais aussi bien employer le présent. Mais pour moi, dans ma réalité, il est mort et bien mort. Je fais le tour de la maison et je vais jusqu'au figuier. Il

est planté à côté du mur qui sépare le stade de football et la maison. Sur le mur, ancré dans le béton, il y a des panneaux de publicité en fer qui courent tout le long. Le jour des matchs, je faisais passer mes copains par ce chemin pour éviter de payer l'entrée. Nous escaladions le figuier, puis nous attendions, accroupis derrière les publicités, que la voie soit libre avant de sauter de l'autre côté. Mais à la longue le garde-champêtre s'étant aperçu du manège, nous a guettés et il a tenté de nous alpaguer. Ce jour-là, nous avons couru sur le mur qui entourait le stade comme une volée d'écureuils, au risque de nous rompre le cou. Le lendemain l'employé municipal est venu à la maison et je me suis pris une sérieuse remontée de bretelles. Avec interdiction de grimper sur le figuier. Je caresse avec nostalgie le vieil arbre et m'en retourne dans la rue.

La messe bat son plein. Je n'ai pas pu résister à l'envie de les rejoindre. Tout le monde est là. Ou presque. Je me coule sur le dernier banc et me hausse sur la pointe des pieds pour tenter de voir. De reconnaître quelques visages. Devant l'autel il y a le curé avec sa bouille rougeaude qui nous apprenait le catéchisme dans son vieux presbytère. Les mains posées sur le rebord du banc qui se trouve devant moi, je me souviens de lui. Une nuit, mon père, son copain le garde-chasse et ce curé-là avaient pris des airs de conspirateur et m'avaient amené pour une pêche à l'écrevisse à la lampe électrique. La communion est terminée et bientôt tous les fidèles vont quitter l'église et se retrouver sur la place. J'en profite aussitôt pour m'esquiver et me réfugie près des boulistes. J'aperçois ma famille avec les Guillaume.

C'est une ambiance bon enfant. Le soleil provençal, l'ombre des platanes, la dispute des joueurs autour du cochonnet, le pastis sur les tables du café, la cloche qui carillonne, les cris des enfants qui se coursent, les éclats de voix d'une discussion passionnée sur le sermon du curé soudent encore quelques groupes. Peu à peu, ce gentil monde, bien comme il faut, du dimanche matin, se délite et je suis aux anges… Seul, le dos contre un platane, je croise le regard de mon père qui m'a repéré. Sa silhouette massive est la même que celle d'une photo que j'ai dans mon portefeuille. Il est vêtu d'un blazer marine sur un pantalon à plis de serge grise. Des mocassins noirs, une chemise blanche et une cravate jaune en polyester. Il arbore ses lunettes de soleil dans le style pilote de ligne. Les mêmes que j'ai eu plus tard à l'adolescence. Soudain il me fait signe de les rejoindre. Je ne sais que faire. Je n'aurais pas dû me montrer. Maintenant je suis au pied du mur et je dois affronter sans faillir cette délicate confrontation. Hésitant, conscient d'être dévisagé avec une curiosité légitime, craignant d'être pris en défaut, je m'avance vers le groupe. A leur hauteur je vois les Guillaume prendre congé et je reporte toute mon attention vers le regard de mon père. C'est plus facile. Celui de ma mère est sur moi et j'espère que le sentiment maternel, ce lien mystérieux qui noue une mère à son enfant, ne va pas la troubler. Ni révéler mon identité. Se peut-il qu'une mère puisse reconnaître son enfant arrivant du futur ? Pour l'occasion et c'est dément comme situation, comment cette femme pourrait-elle s'imaginer qu'elle a près d'elle son fils en deux exemplaires. L'un a douze ans et l'autre n'est qu'une mouture à la quarantaine blanchissante. Comment est-ce possible ? Le dieu des athées aujourd'hui doit bien se marrer alors que celui des croyants doit paniquer et chercher d'où vient la panne.

- Venez ! Approchez-vous ... Je vous présente mon épouse, Marie, et mes enfants Michel et Nicole.

- Enchanté ! dis-je en regardant tour à tour ma mère, ma sœur et moi-même.

Elle m'a tendu sa main et je l'ai serrée. Je l'ai trouvée menue, étrangement froide. Ma sœur a hoché la tête avec une semi révérence. Quant à moi-même, en petit homme, j'ai avancé la mienne. J'ai pris deux secondes avant de réagir ensuite je me suis serré la main. C'est électrique. D'une faible intensité certes mais c'est indéniablement électrique. La nature semble être en désaccord avec ce procédé. Elle se manifeste par ce léger court-circuit. J'espère que le système de ce voyage bizarre dans le temps est muni d'une sorte de disjoncteur et qu'il n'y aura pas une explosion si je m'avise à trop m'approcher de ma réplique enfantine.

C'est encore la voiture qui est l'objet de la discussion.
- Ce monsieur vient du Maroc. Tu vois ! Il a traversé l'Espagne. Et c'est le dernier modèle qu'il a.

Il a envie de me demander un service et je le devine alors que la boucle n'est pas encore bouclée.
- Vous pourriez la montrer à mon épouse. Pour qu'elle se fasse une idée. C'est mieux que sur le catalogue.

Je m'amuse intérieurement. Je vais même leur proposer un tour du village. Après tout ! Maintenant qu'est-ce que je risque ?
- Et après, ajoute-t-il, vous n'aurez qu'à venir prendre un verre à la maison. Si vous n'êtes pas pressé ?
- Non ! J'ai tout mon temps. Et même davantage…
- Plaît-il ?
- Excusez-moi… Je disais que je n'ai rien à faire puisque je suis en vacances et que personne ne m'attend.
- Bon c'est entendu.

Un quart d'heure plus tard nous nous retrouvons tous devant la 403. La famille tourne autour comme une volée de papillons curieux. Ma mère d'autorité s'est assise côté conducteur et se tient droite dans l'attente de la balade promise. J'ai ouvert le capot à la demande de mon père qui se penche aussitôt dessus, admiratif. Ma petite sœur est restée indifférente et elle semble lorgner un objet visible de sa seule imagination. Quant à moi je me surprends à m'observer avec un vif intérêt. Est-il possible que cet enfant ait quelques doutes à mon sujet ? Évitant son regard pesant, je rejoins mon père sous le capot et lui propose de prendre le volant. Aussitôt dit et aussitôt fait. Je me suis installé à l'arrière et j'ai fait en sorte que ma sœur soit entre moi et moi. Nous faisons le tour du village. Je propose :
- Si vous voulez nous pouvons passer la Durance et rouler un peu sur la nationale.

L'ambiance est détendue. Mon père accélère et je ne suis pas rassuré. A l'époque il n'y a pas de ceintures de sécurité. En outre je n'ose pas imaginer ce qui se passerait si la police venait à nous contrôler les papiers… De retour à la maison bleue nous nous retrouvons dans le séjour. Ma mère s'est précipitée dans la cuisine pour vérifier si son poulet rôti est en bonne voie. Elle avait lancé la cuisson, au sortir de la messe, juste avant la balade. Le sempiternel poulet. L'émotion soudain m'étreint. C'était le rituel du dimanche matin. La messe et le poulet grillé.

Je bois mon pastis lentement. Il n'y a que mon père qui parle. Je flotte dans un climat qui me parraît irréel et ne suis guère enclin à me dévoiler. Aussi mon père a tôt fait de prendre le dessus et le voilà qui me raconte le chantier, le barrage de Serre-Ponçon, le lac qui a inondé la vallée, le nouveau canal, les crues dévastatrices de la Durance, l'usine et les turbines, les transformateurs, les grands projets de la compagnie électrique. Tout y passe ! Je connais ces histoires par cœur. Elles ont baigné mon enfance. Je pourrais même lui souffler certaines répliques mais je m'en garde bien.

Acquiesçant de temps à autre je laisse mon regard se poser sur le mobilier. La table en acajou est là. Déjà ! me dis-je. Ainsi que la bibliothèque assortie. Les chaises cannelées et la coupe en cristal dans lequel sont posés des fruits en plastique. Tous ça c'est chez moi, dans le grenier. Il n'y a pas de tableaux aux murs. Ils viendront plus tard avec le double salaire marocain.
- Vous restez manger ?
- Comment ?

Ma mère répète son invitation. Elle m'a éjecté de ma nostalgie et coupé le monologue du pater. Je n'ose pas refuser et j'avoue que l'odeur du rôti me fait saliver depuis un moment. Ma mère est repartie dans sa cuisine et revient avec une bouteille de rosé qu'elle tend à son mari. Les enfants qui étaient dans le jardin remontent le rouge aux joues. Ils ont couru à perdre haleine et ils se précipitent au robinet boire de grande rasade d'eau. Je croise mon regard. Et cette fois-ci je ne cille pas. Ce regard si vert, si profond, comme la partie sombre de la mer. Jamais je n'avais eu l'occasion de m'y plonger ainsi. Quand je me vois dans un miroir ce n'est pas pareil. Il n'y a pas cette intensité qui est si forte en ce moment. Ce n'est pas un hasard si le temps m'a ouvert sa porte. Certainement il va se passer quelque chose d'important entre nous deux. La finalité de ces journées ce n'est pas la rencontre avec mes parents ou ma petite sœur. Non ! La finalité c'est la rencontre avec moi-même. C'est maintenant une certitude et je ne dois plus me dérober. Je dois juste trouver un moyen de lui parler seul à seul. Je sais que c'est ça ! Trouver un lieu tranquille où nous allons pouvoir nous parler. Sauf que je ne sais pas de quoi.

Le repas terminé c'est le café. Mon père me conduit dans la chambre de ma sœur. Ce n'est pas pour me la faire visiter mais c'est pour ouvrir la fenêtre en grand et me montrer le stade de football.
- Il y a un match tout à l'heure, me dit-il.!

Comme si je ne le savais pas ! Il y a cinq minutes j'ai aperçu le garnement que j'étais qui s'éclipsait. Puis les copains arriver un à un. Je me suis échappé juste avant le café en prétextant que j'avais un truc à récupérer dans la voiture. Je les ai vus sur le mur, derrière les branches du figuier, avant qu'ils ne se cachent derrière les panneaux de publicité. Quand je suis revenu de la voiture j'ai entendu leurs gloussements et leurs exclamations étouffées. J'ai failli éclater de rire car soudain la bouclée s'est bouclée. Et je me suis souvenu exactement de cette scène. Je suis là-haut. Caché derrière le deuxième panneau, accroupi, me tenant d'une main au montant en fer, le corps pendant de l'autre côté. Dans quelques minutes je vais voir le garde-champêtre s'éloigner et je vais sauter de l'autre côté et prendre mes jambes à mon cou le long de la touche, slalomant entre les spectateurs. Les copains vont attendre un moment pour sauter à leur tour et décamper dans le stade.

Je ne suis pas pressé de partir. Je suis chez moi... Je passe l'après-midi avec mes parents. C'est inespéré. L'appréhension n'est plus. Je profite de ce bonheur providentiel. Je suis comme un enfant. Leur troisième enfant et j'ai envie de leur crier la vérité. Alors que dans ma réalité mon père est mort. Ma mère est dans un foyer de bonnes sœurs et finit sa vie en de longues prières. Ma sœur est mariée et je la vois deux fois par an.

Le match est terminé et nous avons fichu une sacrée gifle à la bouteille d'Armagnac. Nous étions accoudés au rebord de la fenêtre. Le village a gagné. Les maillots violets ont gagné. Ce maillot violet que j'ai porté l'année suivante. Ce maillot violet que j'ai gardé adolescent durant des années comme une relique. Et que j'ai jeté un jour pour asseoir ma vie de jeune homme.

Pour nous dégourdir nous faisons le tour du jardin. Ma mère est restée là-haut et tricote. Ma sœur est dans sa chambre et je ne suis toujours pas revenu du stade. Je dois encore courir dans le village. Tout en écoutant mon père qui m'explique son potager je ressens une émotion particulière. Je crois savoir pourquoi je suis revenu justement à cette époque-ci. Quelques jours avant ma communion solennelle. J'ai été dans ce village provençal le plus heureux des petits garçons. Malheureusement cela n'a pas duré.

J'ai du mal à partir mais je dois m'y résoudre. Je salue ma mère et mon père en leur serrant la main. Il n'y a pas de tension électrique. Ma sœur est venue et a déposé un baiser sur ma joue râpeuse. Moi, je ne suis toujours pas revenu et cela n'a pas l'air d'inquiéter mes parents. C'est tant mieux ! Cela me laisse un peu de répit avant la grande confrontation. Je monte dans ma voiture et démarre. Je roule un bon kilomètre et me gare dans un endroit tranquille. Je ne sais pas comment cela se passe quand la voiture disparaît. Quelle incidence cela a-t-il sur les gens qui observent le phénomène ? Le grand organisateur de ce tour de passe-passe a-t-il prévu quelque chose dans ce sens ? Je n'en sais fichtre rien et me méfie. Je tiens à ménager ma famille même si tout ça n'est qu'un rêve. Je me concentre et suis de retour dans mon présent.

Il est temps de repartir

Je n'avais pas prévu que je passerais plus de six heures là-bas. Je dis là-bas… Car j'ai encore du mal à désigner le village par son nom. Il se nomme Oraison. La commune s'étend sur les bords de la Durance, entre le massif du Lubéron et la montagne de Lure. C'est une aventure si rocambolesque que mon langage a du mal à nommer ce lieu où je suis catapulté comme dans un roman de science-fiction. De retour dans les gorges il est dix-sept heures à ma montre. Mais soudain j'ai un doute et je vais m'enquérir de l'heure auprès d'un couple de touristes belges. Il est neuf heures du matin. Contre toute attente le temps, ce coin de planète, pour une raison que j'ignore m'a attendu. Je suis perplexe. Et soudain m'apparaît une évidence. Si ce phénomène dure des années je pourrais doubler mon existence. La revivre dans le passé. Mais les cellules vieillissent-elles lorsque je suis, disons-le de cette façon, dans le dos du présent mais aussi de l'avenir ? Je l'ignore. De toute évidence je peux rester plusieurs jours là-bas et revenir à l'instant de mon départ. Prolonger de la sorte mon temps si précieux des congés.

Il est temps maintenant de reprendre la route. J'abandonne ces suppositions saugrenues qui me prennent la tête et j'ouvre le coffre de la 403. J'ai la gorge sèche et je bois un bon demi-litre d'Oulmes. L'eau est encore fraîche. Mes lunettes de soleil sur le nez, les vitres baissées je démarre et fait demi-tour en direction de Tinerghir. La route de Ourzazate se noie dans le lointain brouillard de cette température qui m'écrase. Il y a toujours ces tourbillons qui m'accompagnent avec leur ronde de poussière. La route est rectiligne. A droite c'est la montagne, sans aucune végétation, que de la terre rouge mêlée de jaune. A gauche, de temps à autre, ce sont des pistes de sable et de cailloux qui s'écartent et se perdent dans l'inconnu désertique. Je fonce sur la voie de la solitude, de l'abandon, du silence et de la chaleur. Je suis dans le sud, seul, et je mesure soudain la petitesse qui habite l'être humain devant cette nature immense, énigmatique. La beauté de cette désolation me saisit et vide mes pensées de leur substance. La régularité du moteur me berce. Les couleurs du sol, sous les incessantes caresses du vent et de son éternel compère le soleil, ombres et lumières mariées dans un divorce sans fin, varient à l'infini.

Ouarzazate. J'ai une faim de loup. La première gargote suffit à me convaincre. Je commande un Coca-Cola glacé et une salade de brochettes de moutons. Il me faut faire le plein d'énergie pour affronter la suite du parcours. Dans le temps c'était mon père qui conduisait la Renault du chantier. La plupart du temps je somnolais à ses côtés. Mais la montée vers le célèbre col du Tichka est un épisode de conduite qui requière beaucoup de prudence et j'espère que ma vieille Peugeot s'en sortira avec les honneurs. Cette traversée de l'Atlas a toujours été la terreur des automobilistes et des camionneurs. Mais en contrepartie, j'aurai un peu plus d'air.

Contrairement à mes rares souvenirs, cette route de montagne est parfaitement goudronnée. Bien sûr, elle tourne autant et elle est toujours aussi impressionnante. La voiture se comporte bien et je me régale à conduire. J'ai une pensée pour cet ingénieur et ami de mon père, qui m'avait appris à tenir le volant dans ces montagnes. Les virages sont difficiles à négocier. Des camions peinent à monter et ils créent des bouchons. Pour les doubler certains automobilistes prennent des risques insensés. Dans un tournant je me fait peur et stoppe au premier parking pour me calmer. Le panorama est grandiose. Les précipices vertigineux. Assis sur la murette, au bord du ravin, je découvre en contrebas un village qui se fond avec la terre. J'en profite pour jouer au touriste et faire quelques superbes photos.

En fin d'après-midi c'est Marrakech, la ville rouge, joyau du royaume. Tous les hippies des années soixante-dix sont repartis. Aujourd'hui la ville nettoie sa médina, transporte son vieux peuple crasseux à l'extérieur. La spéculation immobilière fait le reste. C'est devenu le lieu prisé du tourisme chic mondial. Je n'ai pas l'intention d'y séjourner longtemps. Je n'ai qu'une hâte, revoir une fois encore la place Jemaa el Fna et filer à Essaouira.

Il est dix-sept heures. Avec ma gueule de français pure souche, au premier carrefour je suis aussitôt repéré par un homme juché sur une mobylette orange. Je le vois dans mon rétroviseur qui me suit. Profitant alors du premier feu rouge, il me propose ses services pour me guider. En définitive c'est une bonne idée car dans cette cohue inimaginable et colorée, dans cette circulation d'autobus, de camions, de voitures, de scooters, de vélos, de bourricots et aussi de cette foule innombrable qui grouille, j'ai du mal à m'orienter.

Le motocycliste me fait passer par la médina et nous frôlons la place Jemaa el Fna. Il me conduit dans un parking proche pour garer la voiture. Puis de là nous partons à pied pour chercher l'hôtel où j'ai l'intention d'aller. Je prends mon sac. Toutefois il n'est pas dit que l'hôtel puisse me proposer une chambre car j'ai décalé ma venue de vingt-quatre heures. Au téléphone, ce matin, le préposé à l'accueil n'a guère été aimable. Je subodore que ce n'est pas gagné. Mais j'ai versé des arrhes et j'ai bien l'intention de régler ce problème.

L'hôtel Mogador est dans la Médina. Dans le hall d'entrée c'est l'effervescence. Il y a plein de touristes qui attendent. Je sens la pression monter. Quand vient mon tour je me fais reconnaître et je demande s'ils ont pu quand même me réserver une chambre. L'employé me répond d'une façon assez cavalière qu'il n'en est rien. Puis aussitôt, il me désigne un guide qui attend à côté, susceptible de me conduire dans un autre hôtel, plutôt un riad. J'explose et je le traite d'incapable. Le ton monte très vite, et au terme de cette escarmouche verbale, je récupère quand même mes trois cents dirhams.

Dehors, extrêmement méfiant, avant de suivre ce « sauveur », je m'enquière du montant de la chambre. L'homme prend alors un air offusqué et me répond textuellement qu'il ne peut pas me l'annoncer avant de me montrer la beauté du lieu. C'est une filouterie. L'on va tenter de me forcer la main pour me louer au prix fort une chambre de luxe sous prétexte que c'est déjà la fin de la journée, et qu'il n'y a plus rien de disponible dans les alentours. Je le plante là et me tire.

Après ces péripéties, je remercie mon pauvre guide qui n'a rien compris à mon histoire. Je lui donne un billet et m'offre une pause dans un bar. Cet épisode m'a donné la pépie et je suis très énervé. Je réclame un annuaire et je liste les hôtels mentionnés. Je finis par tomber sur la dernière chambre de disponible d'un petit hôtel. J'éteins mon portable et me précipite avec mon sac sous le bras dans la rue. Heureusement ce n'est pas loin. L'hôtel s'appelle l'Africain. Il est situé à cent mètres de la place Jemaa el Fna. Le confort est plutôt sommaire mais je m'en fiche. Je ne me voyais pas revenir dormir dans la voiture après ce voyage éprouvant. Ma chambre donne sur un agréable patio avec de la verdure. Je pose mon sac et souffle cinq minutes en savourant la chance que j'ai eue. J'ai beaucoup stressé mais le sentiment de m'être débrouillé, d'avoir su réagir vite, contribue au plaisir de goûter à cette future soirée, ici, dans le cœur de Marrakech. L'aventure c'est l'aventure, me dis-je. Mais soudain, le passé détruit mon enthousiasme. Combien de fois avec mon épouse avons-nous agi de la sorte ? A Prague, à Athènes, à Rome… Et combien de ces souvenirs devrais-je oublier pour qu'ils ne me démolissent pas ainsi à l'improviste ? Je fais un effort pour quitter le banc où je m'étais installé. Un jet d'eau froide dans les douches commune me ramène à la réalité.

L'hôtel est typique. Les murs, les sols, même les plafonds, tout est carrelé. Les dessins, les couleurs changent. Il n'y a pas une réelle décoration réfléchie. Au fil des années les carreaux ont été posés au grès des récupérations, sans souci de continuité. Mais au terme de ce colossal travail, sur plusieurs étages et sur toute la terrasse d'où l'on peut apercevoir un bout de la place, le décor est plutôt kitch. C'est une réussite.

Il est dix-neuf heures trente. Il fait bon. Déjà je perçois la folie de la place. Dans la rue c'est un fourmillement incroyable de population, marocains et touristes mélangés. Avant de quitter l'hôtel j'ai appelé Yasmine mais encore une fois je suis tombé sur le répondeur.

La place bouillonne. La foule se presse, je ne sait pas où diriger mes pas. Les cobras glissent hors des paniers et dansent au son de la flûte. Les scorpions passent d'une main à une autre. Les jongleurs font des prouesses. Les musiciens sont en transe. Les conteurs tiennent en haleine leur auditoire. Je ne comprends rien et regrette de ne pas avoir appris l'arabe. Mais l'ambiance est extraordinaire. Je déniche une table de libre à une terrasse d'un café et me paye un rafraîchissement. Mon voisin de table, vêtu d'une manière traditionnelle, engage la conversation. Il insiste pour me présenter ses deux filles qui font des études supérieures. Une est en médecine et l'autre fait du marketing. Elles sont perdues dans la foule. Le père les appelle avec un portable. Il est fier de la réussite de sa progéniture. Mais il me dérange. Je n'ai pas envie de discuter avec un inconnu. J'ai ma propre vie et elle est actuellement suffisamment mouvementée. Je pense aussi à Yasmine et je me demande pourquoi elle ne me rappelle pas. La conversation pourtant continue. L'homme est intarissable. Je ne sais pas comment m'en dépêtrer. Maintenant il veut m'inviter absolument dans sa maison d'été à Safi. Je me demande même s'il n'est pas homosexuel. Lorsque les filles arrivent enfin, j'échange quelques mots par politesse puis me renfrogne aussitôt. Le type a repris de plus belle. Écœuré, je n'ai plus qu'à battre en retraite. Je bouscule ma chaise et les quitte précipitamment.
Là-dessus, mon estomac insensible aux joies de la discussion se manifeste et me rappelle que c'est son heure et que je dois lui chercher un bon restaurant.

L'odeur des brochettes servies sur les cageots de la place me fait saliver. Mais j'ai des intentions plus bourgeoises pour le dîner de ce soir.
J'avise un restaurant installé dans un coin de la place. Il y a du monde mais par chance je dégotte une table. Un jeune garçon vient immédiatement prendre commande. Ici on ne badine pas avec la rentabilité des couverts. J'ai pris une tajine de poulet au

citron. Dans mon assiette il n'y a qu'un malheureux morceau cuisse et entrecuisse coiffé d'une rondelle de citron translucide. Pas le moindre légume ! J'admets être un touriste et payer mais je ne suis pas dupe. Je me lève et je vais voir le patron en lui rendant son assiette. Ce n'est pas une tajine que l'on m'a servie mais un poulet au citron, lui explique-je d'un ton contenu et presque aimable. L'homme est posé sur un tabouret comme sur un trône. Il est imposant avec une énorme moustache grise, des colliers en or autour de son cou, à l'entrée de sa cuisine, régnant en maître du regard et du ventre sur son monde de serveurs, de cuistots. Il ne fait aucune difficulté et ordonne sèchement que l'on me remplisse une assiette de légumes. Qui ne tente rien n'a rien ! Comme dit ma fille.

Puis rassasié, je m'offre une balade digestive. J'ai la main sur le portable et ça me démange de composer le numéro de Yasmine. Je décide d'attendre encore. Je ne voudrais pas avoir l'air d'un toutou qui réclame et qui fait le beau pour plaire. Je suis déjà bien plus âgé qu'elle. Je ne veux pas en remettre une couche. Je déambule parmi les calèches stationnées le long de l'avenue. Les chevaux ont des kilomètres dans les pattes, la plupart ne sont plus très jeunes, souvent très maigres. Soutenus par leur sommeil chevalin, ils restent immobiles. Les sièges ont le cuir craquelé par la patine du temps. Certains cochers roupillent mais d'autres guettent les touristes qui désireraient une balade nocturne ou rentrer tout bonnement à leur hôtel en périphérie. Le crottin embaume l'espace. Je pousse jusqu'à la Koutoubia, la célèbre mosquée qui se dresse au bout de l'avenue et qui veille sur la ville depuis des lustres. Sa majestueuse présence rappelle au peuple combien Allah est grand. J'en fais le tour puis rentre à l'hôtel. Yasmine est toujours sur répondeur et cela m'inquiète. Soudain la fatigue me tombe brutalement sur les épaules. Avec ma journée dans le passé au sein de ma famille je suis debout depuis presque vingt-quatre heures.

C'est plus facile d'obéir au curé

Je prends le temps de me réveiller. Malgré la dureté du lit j'ai bien récupéré. Hier il a fait chaud mais pas autant que dans le sud. La place a retrouvé sa tranquillité. Je prends un copieux petit-déjeuner dans le quartier. Les croissants sont bons. Des charrettes à bras croulent sous des pyramides d'oranges. Ce sont des vendeurs qui fabriquent à la demande des jus de fruits. Je me laisse séduire par un grand verre de ce jus d'orange qui est un véritable nectar pour le palais. Détendu, refoulant toutes pensées négatives, je flâne parmi les tatoueurs. Ils sont installés à même le sol, sur un tapis coloré. La majorité sont des femmes berbères. Cependant je ne suis pas chaud pour me faire couvrir de henné. De retour à l'hôtel je prépare mon sac.
Répondant à une impulsion je monte sur la terrasse que j'ai visitée la veille. A cette heure il n'y a personne.

J'appelle Yasmine. J'entends la sonnerie lointaine. Soudain une voix rocailleuse me répond dans un mauvais français qu'elle n'est pas là. Pris au dépourvu je balbutie un bouquet d'âneries. Je me demande bien qui est cet homme ? La voix n'était guère plaisante.

La voiture est sa place, coincée entre deux autres. Le gardien est sur mes talons. Il attend pour me guider et pour obtenir sa pièce. Ce n'est pas le moment de m'esquiver dans le passé. Que se passe-t-il quand je m'en vais de l'autre côté ? La voiture se dissout-elle comme un fantôme métallique ? Néanmoins j'ai la réponse. En toute logique puisque je reviens au même jour J, au même instant T, suivant l'expression favorite d'un type que je connais, chef de la sécurité d'un grand bâtiment public, ceux qui m'observent ne doivent rien remarquer d'anormal.
Je démarre. Aujourd'hui l'étape sera courte.
A peine 140 kilomètres.

J'ai l'intention de garer la voiture dans un coin de campagne tranquille pour une autre visite vers le passé. C'est plus fort que ma peur. Plus fort que mes doutes. Si mon hypothèse est bonne je n'ai nullement besoin de m'isoler pour opérer puisque je réapparais dans la seconde de ma disparition. Peut-être qu'une caméra sophistiquée pourrait capter ce laps de temps infiniment court quand la voiture et mon corps s'en vont puis reviennent ? Toutefois je préfère agir de la sorte.

Une vingtaine de kilomètres plus loin je quitte la nationale pour une route ensablée. J'ai repéré des ruines et je vais m'y cacher. Il n'y a personne aux alentours. Je fais le tour de la voiture pour m'en assurer. Un vent léger caresse mon visage. Le ciel est dégagé. Il fait très doux. La chaleur de la veille n'est plus qu'un souvenir. La proximité de l'atlantique se manifeste. Rassuré, j'ouvre la portière et m'installe côté passager. Je tente ensuite de passer de l'autre côté, en pensant fortement, les yeux fermés, mais c'est peine perdue. Alors je change de place pour retenter l'expérience les mains à plat sur les genoux. Rien non plus ! A ma troisième tentative, les deux mains posées sur le volant, le passage s'ouvre et je repars vers mon village provençal. J'ai conservé toute ma lucidité. Pas comme les deux premières fois où j'avais perdu conscience. J'en déduis que c'est le volant la véritable clef du passage. La voiture et le volant.

La voiture est positionnée au même endroit et cette constante dans le stationnement me rassure. La rue est ensoleillée. Il y a du monde. Comme un air de fête. Je vérifie l'état de ma montre. Elle continue, indifférente aux événements, à comptabiliser le temps, le sien. Brave montre que rien ne peut atteindre.

La maison bleue est baignée de lumière. La fenêtre du séjour est ouverte. J'avise un passant, un vieux en costume de velours et lui demande l'heure. C'est presque quatorze heures. J'hésite à me manifester. A toquer à leur porte. J'opte pour une petite balade. Des rires et des éclats de voix me parviennent au fur et à mesure que je remonte la rue. Je me souviens qu'il y avait un restaurant plus haut. C'est donc ça cette ambiance festive que j'ai sentie. Un banquet. C'est un repas avec du monde. Il y a une dizaine de voitures. Je reconnais une aronde immatriculée dans la Haute-Garonne. Un grand froid me parcourt l'échine. Cette voiture c'est celle du frère de ma mère. Un commerçant qui roulait grand train et dont mon père était passablement jaloux. Il y a une deuxième voiture du même département mais je ne sais pas à qui elle appartient. Et j'aperçois soudain dans l'allée du jardinet du restaurant une fillette avec une fine robe blanche et un jupon en dentelles, des fleurs roses dans sa tresse blonde qui couronne son petit front sérieux. C'est ma frangine et nous sommes le jour de ma communion solennelle. Ce repas bruyant c'est celui de ma famille. Une deuxième gamine rejoint ma sœur. Stupéfait je découvre ma cousine germaine. D'autres enfants s'échappent de la salle et s'éparpillent dans le jardin. Je suis parmi eux. Un chérubin en aube blanche. Un angelot qui remonte sa robe au-dessus des genoux pour mieux courir. Je sais où il va. Derrière il existe un jardin public. A proximité du vieux château où Pasteur autrefois était venu séjourner.

Prudemment je pousse la grille et m'aventure à sa recherche. Derrière un massif de fleurs il y a un banc. L'enfant est là. Seul. Il est pensif, le visage figé dans une petite ride qui barre son front. Il a posé ses mains sur ses genoux et l'aube est retombée et cache son pantalon gris. Seules ses belles chaussures neuves dépassent.

Je reste là, debout à quelques mètres. Derrière la haie qui nous sépare du jardinet du restaurant j'entends le concert de toutes ces voix joyeuses, les hommes parlent haut et fort. Je sais ce qui trotte dans la tête du jeune garçon. Ce que je pense à cet instant. Car ce moment précis est resté gravé profondément en moi toute ma vie. Il y a des pensées premières qui forgent votre caractère. Des sentiments énormes dont on se souvient toujours. Sur ce banc c'est comme si j'y étais. Comme si j'y avais passé des années. Et d'être là à nouveau ne m'étonne pas. Me voilà donc de retour à l'un des carrefours qui ont fait ce que je suis aujourd'hui. Ce retour, ce voyage initiatique n'est pas le fruit du hasard.

- Je sais à quoi tu penses.

L'enfant lève la tête et me dévisage. Me reconnaissant il me sourit et répond avec spontanéité :

- Cela m'étonnerait monsieur !

Je m'assied à côté de lui et sans le regarder, en fixant un couple de pigeons qui s'approchent en dandinant du poitrail, je me lance avec une certaine appréhension :

- Tu viens de te rendre compte aujourd'hui, pendant la messe, que dieu n'existe pas. Que ce cirque est une mascarade. Et tu te demandes pourquoi un enfant comme toi a ce genre de pensée alors que tous ces adultes qui ripaillent semblent n'avoir aucun doute.

Touché. Je me souviens brusquement de cet homme ce jour-là. Cependant je suis certain que sa présence jusqu'alors m'était demeuré inexistante. La boucle vient encore de se refermer. Mon passé se transforme ou plutôt, pour être plus précis, ce sont mes souvenirs. Je poursuis maintenant en dévisageant mon jeune visage étonné, encore dans sa gaine de pureté, tourné vers mon visage d'homme, celui de la vilenie de l'adulte. Sur le banc j'évite de le toucher. Il paraît troublé.

- Comment savez-vous ça ?

- Je le sais parce que j'ai vécu la même chose lors de ma propre communion. Il y a longtemps. Tu veux que je te dise comment c'est arrivé ?

- Oui monsieur.

- C'est dans l'église. Tu as beaucoup regardé les gens autour de toi. Tes copains tous déguisés en ange… L'évêque qui est venu spécialement pour cette occasion t'a drôlement impressionné. Ce décor de paillettes, l'odeur des bougies, de l'encens, et la musique céleste de l'harmonium, les chuchotements des parents excités, les prières des vieilles bigotes marmonnées dans leurs mentons, les cantiques que vous avaient tous repris en cœur, et le visage de la vierge marie qui semblait ne fixer que toi. Toutes ces images tu les as ressenties dans un grand bouleversement. Tu t'es dit que c'était peut-être ça le bonheur. Sans en être certain. Quand tu as avalé l'hostie pour la première fois tu as pensé que tu étais devenu un homme. Agenouillé sur le banc tu t'es recroquevillé et tu as fermé les yeux. Dans le noir de ta conscience, soudain, tout est devenu blanc. Comme une grande illumination qui a duré un long moment. Ton corps s'est mis à trembler et tu as pensé : « Mon dieu est-ce que c'est le plus beau jour de ma vie ? » Puis tu as ouvert les yeux et tu as perçu la situation sous un autre jour. Est-ce que je me trompe ?

Le petit gars me regarde avec des yeux ronds. Il hésite ou il réfléchit avant de me répondre.
- Quand j'ai ouvert les yeux je me suis trouvé ridicule avec cette robe de fille. Les copains avaient l'air de se ficher de ce qui nous arrivait. Et j'ai pensé à ce que mes parents avaient dit un jour dans la voiture.

Je sais de quoi il retourne mais je lui pose la question.
- Qu'est-ce qu'ils ont dit ?
- On allait à Sainte-Tulle à la piscine municipale, vous savez après Manosque. Mon père conduisait et ma mère lui parlait d'un couple que le curé connaissait bien. Ils leur étaient arrivés la pire des choses.
- Ah oui ?
- Leur fils s'était marié avec une fille qui n'était pas baptisée.
- Ce n'était que cela la grande catastrophe ?
- Pour mes parents oui.
- Pire que la mort ?
- Ils n'oseront jamais penser ça. Mais au fond de leur cœur je crois qu'ils préfèrent ne pas se poser la question… C'est pour ça qu'ils ont l'air heureux. Ils n'ont pas d'idées à eux... Ils préfèrent obéir aux ordres du curé.
- C'est plus facile, tu crois mon gars ?
- Oui, c'est sûr. Mais moi j'ai peur maintenant. Je me pose pleins de questions depuis tout à l'heure, à la messe, et je n'ai aucune réponse. Si le Bon Dieu n'existe pas, il n'y a pas de paradis, n'est ce pas ?
- Oui ! Ni d'enfer…
- Alors quand on est mort, il n'y a plus rien ?
- Je ne sais pas mon gars. Peut-être oui ? On aura la réponse qu'au moment de notre décès. La curiosité devrait nous aider à franchir le passage.
- Alors pourquoi l'on existe ?
- C'est une bonne question. Le soleil un jour lointain explosera ou s'éteindra en entraînant la terre dans sa disparition ainsi que

toutes les religions que l'humanité a créés depuis le début. Tout aura une fin. Nous ne sommes pas plus important qu'un rocher dans la montagne ou qu'un grain de sable dans le désert. Il faut arriver à accepter cela. Par cette humilité on parvient parfois à la sérénité. Et l'on accepte plus facilement de mourir un jour. En réalité le paradis c'est maintenant. Aujourd'hui sur la terre. Il faut en profiter.

- Mais il faut pourtant bien croire en quelque chose ?

- C'est là où ça coince. C'est sur ce besoin naturel de l'homme, sur cette peur permanente de l'au-delà, que les religions ont installé leur pouvoir. Ce sont elles qui gouvernent les hommes, et l'argent. Les deux font un excellent ménage. Il n'y a que l'acceptation de notre humble état de rien du tout qui efface la peur.

- Et moi pourquoi je pense ça ? Pourquoi je ne crois pas tout ce que raconte monsieur le curé au catéchisme. Pourquoi je ne suis pas comme mes parents ? C'est pas normal non ?

- Je ne sais pas. Mais si cela te rassure je suis comme toi… Il y a des gens qui croient dur comme fer en un dieu ou dans une force suprême qui fabrique l'univers et pour d'autres c'est le contraire. Il n'y a pas d'explication ! Juste des certitudes d'un côté comme de l'autre. Mais c'est bien de savoir de quel côté l'on se trouve. Beaucoup ne se posent même pas la question et se contentent de vivre au jour le jour.

Un grand brouhaha joyeux mêlé d'éclats de rires parvient brusquement de la salle. Le gamin dit :

- Ils ont l'ai de bien s'amuser à côté.

- Ah la famille… Ils sont tous venus. J'ai vu un vieil homme dans une chaise roulante.

- C'est mon grand-père.

- Tu l'aimes bien ?

- Pas vraiment. Il est sévère. Je préfère le papou.

- Qui c'est ? dis-je toujours en mentant.

- Le père de mon père. Il est gentil et il s'amuse au ballon avec moi.

- C'est parce qu'il joue avec toi que tu le préfères ?

- Non ! Je ne sais pas pourquoi je l'aime plus. C'est comme ça !

- Tu n'es pas obligé d'aimer tout le monde, tu sais petit ! Tu n'as pas choisi de naître. Dans les familles il y en a qui ne font rien pour être aimé, et ils ne donnent rien ou presque. Ne pas avoir d'affection pour eux c'est normal. Tu ne dois pas t'en faire.

Le gamin se lève et il se plante devant moi. Les mains sur les hanches.
- Est-ce qu'on est plus intelligent que les autres ? me dit-il en conclusion

Je réfléchis avant de lui répondre. Je suis conscient que cette discussion aura des répercutions sur ma vie. Mon autre vie. Car je comprends à cet instant qu'un bouleversement s'opère. Je suis en train d'expliquer à ce gamin que dieu n'existe pas alors que c'est peut-être lui, ce dieu-là, ou l'un de ses sbires, qui s'amuse à gommer ma vie antérieure pour en dessiner une autre par-dessus.
- C'est une forme d'intelligence parmi d'autres que nous avons. En contrepartie nous restons des êtres tourmentés toute notre vie par ce que nous osons penser… Comme tu le dis si bien : « C'est plus facile d'obéir au curé ! »

Un jeune femme arrive en courant. C'est une belle brune aux yeux bleus. Son accent roule comme un ruisseau du sud-ouest. Je la reconnais. C'est une cousine germaine de mon père. Elles sont trois sœurs. Elle est la deuxième et elle a vingt ans d'écart avec la cadette. Elle mourra d'un cancer avant la quarantaine en laissant un mari éploré et un jeune fils. Bien sûr elle ne me reconnaît pas. Comment pourrait-elle se douter ? Elle fait peu attention à moi et entraîne mon petit double dans la salle ou la pièce montée ne va plus tarder. Je me lève comme si j'avais cent ans et m'en reviens à pas comptés vers la bagnole.
Je repars au Maroc mais je sais que ce n'est pas fini.

Nous avons une heure

De retour dans ma 403 j'ai un instant de flottement et regrette de ne point avoir un godet d'alcool ou une cigarette bien tassée. Cette discussion avec ce petit bout de moi-même m'a secoué. Pourquoi a-t-il fallu que nous discutions de la foi ? Est-ce donc mon inconscient qui m'a ramené à ce dimanche-là ? Je refuse de croire que c'est autre chose qui me pousse ainsi vers mon passé. Je souhaite vivement que l'explication, même si je ne la connaîtrais jamais, soit purement rationnelle, scientifique, non liée à un quelconque dieu. Le pire c'est que je mourrai sans le savoir.

Je reprends la route et me colle au cul d'un gros camion sur la nationale. Mais l'image, de ma femme et de mon gosse qui se sont fracassés sur un tel engin, me remonte brusquement et j'écrase brutalement la pédale de l'accélérateur pour le doubler. C'est un mastodonte. Sa remorque est décalée par rapport au tracteur. Il roule sur le bas-côté de la route et soulève un nuage opaque. Heureusement il n'y avait personne en face. Plus loin je me réfugie tranquillement derrière un camping-car jusqu'à quelques kilomètres d'Essaouira.

La route descend maintenant sur la ville. En contrebas je vois l'océan. Il est d'un bleu profond à peine moutonné par le vent léger qui souffle sur le large. Anciennement baptisée Mogador par les portugais, Essaouira se dresse sur les eaux, juché sur un gigantesque rocher. Des dunes boisées au vingtième siècle ont rattaché la presqu'île à la côte. J'ai tôt fait de me repérer et me gare près du port, au sud-ouest de la médina. L'air marin et son odeur me prennent les narines. J'aspire goulûment ces effluves iodées qui sont portées par le vent. A quelques pas des dizaines de barques colorées, à dominante de bleu, sont amarrées et se dandinent mollement sur les vaguelettes de la marée. De belles fortifications protègent le port. Les maisons en pierre du pays sont blanchies à la chaux. Les volets des maisons sont bleus à l'unisson des barques qui participent grandement à la nouvelle renommée internationale de ce lieu à la mode. Au-dessus des créneaux biseautés le vol gracieux des goélands et des mouettes donne la touche finale à ce tableau que bien des peintres se sont ingéniés à reproduire sur toile.

Mais toutes ces pensées poétiques sont vite rattrapées par mon estomac et je me dis qu'il est temps d'y remédier.

A mi-chemin de la plage, du port et de l'ancestrale médina, je suis attablé, semble-t-il, là où tout le monde veut aller… C'est-à-dire, un ensemble de gargotes où l'on déguste principalement du poisson fraîchement pêché, sur de grandes tables, serrés sur des bancs, et mélangés les uns aux autres. C'est une véritable cohue. On me déplace. Il y a du bruit. Les serveurs sont du style : « Je t'embrouille… » Il n'y a que des touristes. Je flaire comme un goût de piège. Alors je me lève, laissant ma place à des anglais ravis de l'aubaine.

Dix minutes plus tard, je déniche un endroit plus agréable, plus typique, plus frais. Au premier étage d'un joli restaurant sur la place qui préside l'entrée de la médina. Je commande à manger et à boire. Je suis ravi de m'être échappé de cet amalgame de vacanciers. Du balcon qui donne sur la rue je repère à quelques mètres l'enseigne d'un hôtel : le « Bleu Rivage ». J'avise un garçonnet dans la rue et lui fait signe de monter. Je lui donne la pièce et je l'envoie se renseigner s'il y a encore une chambre de libre. Il fait l'aller et le retour en courant et me confirme que c'est oui. Je fais venir le serveur. Malgré son air désapprobateur j'offre un jus d'orange au gamin qui me rappelle étrangement celui que je rencontre dans le passé. Je laisse le gosse déguster son jus assis sur la banquette et m'éclipse pour réserver une chambre. Je n'ai nullement envie que l'épisode de la veille se renouvelle. A mon retour le verre du petit marocain est vide. C'est un gosse des rues. Il est vêtu d'un short de foot rouge trop grand pour lui et d'un tee-shirt qui du blanc est passé au gris à force de poussière. Aux pieds ce sont des baskets troués et sans chaussettes. Sa belle petite frimousse pétille d'intelligence et de débrouillardise. Un regard profond, dur, où déjà il n'y a plus d'insouciance. Je lui fais monter des gâteaux, des cornes de gazelle et le renvoie à sa rue avec une autre pièce.

Je déguste mon plat de calamars et profite de la tranquillité de la salle où je suis seul. Je me suis assoupi un moment sur les coussins, un petit chat entre les bras. Je suis à Essaouira et j'ai une chambre d'hôtel pour plusieurs jours. C'est le moment idéal pour prendre contact avec Yasmine.

C'est fait ! Je l'ai eue et elle m'a donné rendez-vous dans deux heures. Elle avait une petite voix. La discussion a été brève et ce n'est pas de mon fait. J'aurais aimé parler davantage avec elle mais j'ai senti une tension. Je n'ai pas osé la questionner à ce sujet. Nous ne sommes pas suffisamment intimes. C'est déjà formidable qu'elle veuille bien me rencontrer. J'espère qu'elle n'a pas des ennuis.

Cette voix masculine qui m'a répondu l'autre fois m'inquiète un peu.

Entre-temps, de nouveaux clients sont arrivés et je préfère aller prendre possession de la chambre que je n'ai pas encore visitée. Elle est parfaite, avec une salle de bain et une fenêtre qui donne sur une terrasse. Mes affaires rangées, j'ai encore le temps de faire un tour à la plage. Celle-ci est immense et fréquentée par une foule importante. Elle me rappelle un peu celle des Nations à Rabat. Autour c'est l'habituel paradoxe d'ici avec ce mélange hétéroclite des femmes qui restent habillées dont certaines sont voilées, qui ne se baignent pas, et toutes celles moulées dans des deux-pièces la peau offerte au soleil et surtout aux regards appuyés. Quant aux garçons, la plupart ne pensent qu'à étaler leurs muscles ou leur agilité. Ils se prennent tous pour Zidane dès qu'ils ont un ballon au pied. Plus loin, une animation avec des enfants groupés sous un chapiteau blanc attire les curieux. C'est une émission de télévision avec des scouts qui jouent au jeu de la corde sous les encouragements des spectateurs.

Essaouira est réputé aussi pour ses alizés. Ceux-là même qui ont poussé Christophe Colomb vers les Amériques. Ils attirent aujourd'hui les véliplanchistes. Malheureusement, en cette fin d'après-midi, ils se sont réveillés et l'on pourrait se croire du côté de Perpignan un jour de Tramontane. Je me réfugie dans la médina.

Au hasard de mes pas, j'atterris dans un vaste magasin qui propose tout un assortiment de la production locale sur le bois de thuya. Je n'achète rien malgré l'insistance du vendeur et je continue ma déambulation en surveillant les aiguilles de ma montre. Cinq minutes avant notre rendez-vous je me poste en évidence devant l'hôtel. A cette heure, le flot des visiteurs qui rentre et qui sort de la médina paraît ne jamais s'interrompre. Je m'attends à voir surgir Yasmine derrière chaque silhouette féminine.

Elle est ponctuelle à quelques minutes près. Elle est vêtue d'un pantalon noir moulant qui la fait plus mince avec un chemisier beige clair boutonné jusqu'au cou. Elle est en basket et ne porte aucun bijoux. Son visage s'illumine d'un sourire enjôleur dès qu'elle me voit. Je l'embrasse et son parfum, exotique et lourd, m'enveloppe. Je tombe immédiatement sous le charme. Elle est maquillée et sous la clarté du soleil elle paraît encore plus belle que sur le bateau. Intimidé je la laisse prendre l'initiative. Mais derrière sa bonne humeur apparente je la devine encore tendue. Elle s'est retournée deux ou trois fois comme si elle cherchait quelqu'un puis elle s'est pendue à mon bras et m'a entraîné rapidement dans un dédale de ruelles. Elle me dit :
- Nous allons chez une cousine. Nous y serons tranquille…

Je n'ose pas en demander plus et je me contente de la suivre. C'est une rue étroite où il ne passe personne ou presque et qui ne possède pas le pittoresque des autres rues. La maison de la cousine est construite tout en hauteur, étroite, et constituée de quatre étages. Yasmine m'explique que les trois premiers sont des studios que le mari a fait rénover et qu'il loue aux touristes. Quant au dernier, niché sous la terrasse, ils en ont fait leur domicile. Pour y accéder nous empruntons un escalier abrupt qui lui a donné beaucoup de soucis lors de sa construction car les ouvriers avaient mal calculé et il dépassait sur la rue.

L'appartement est vraiment minuscule. Un séjour-cuisine, une salle de bain, des toilettes de poupée, une porte où il faut passer de travers et une mezzanine pour chambre avec une fenêtre et la vue sur l'océan. Un canapé noir, une table basse, trois selles de dromadaires en guise de sièges, peu de meubles, mais une belle télévision car, nous dit la cousine, c'est actuellement l'unique occupation de son mari qui ne travaille plus suite à un accident de la circulation. Les studios sont leur seule source de revenus.

Je suis légèrement déphasé... De but en blanc je me retrouve plongé dans l'intimité d'une famille marocaine. Les deux jeunes femmes se sont installées sur le canapé et discutent en arabe.
Comme aucune ne m'a invité à m'asseoir je prends d'autorité un pouf et m'assois à proximité. La cousine est jeune. Quinze ou seize ans à peine. Elle est vêtue d'une robe rose clinquante, traditionnelle. Elle est chaussée de babouches blanches brodées. Sa belle chevelure a des reflets de henné et elle arbore un gros bracelet berbère en argent. Au cou un pendentif représente la main de Fatima. Le ton est monté. Elles ont l'air de ne pas s'entendre et manifestement je suis l'objet de la discussion.
Puis les palabres cessent et la cousine s'en va chercher dans le frigidaire une bouteille d'eau. Elle s'en sert un verre qu'elle boit d'un trait et s'en va en claquant la porte.
- Nous avons une heure, m'annonce Yasmine triomphante.

J'essaye d'en savoir plus et tout ce que j'apprends c'est que le mari, exceptionnellement, est parti sur un bateau de pêche d'un oncle et qu'il ne rentrera qu'à la nuit tombée.
- Pourquoi êtes-vous disputées ?
- Elle ne voulait pas me laisser seule avec toi aussi longtemps.
- Pourquoi ?
- Les conventions. Et puis c'est compliqué je t'expliquerai plus tard. Pour l'instant j'ai besoin que tu me fasses l'amour.

Je reste comme un con, médusé, et je la regarde comme si elle s'était transformée en une statue de sucre ou de miel. Enfin, revenu de ma surprise, je parviens piteusement à dire :
- Maintenant... Je veux dire tout de suite.

Yasmine éclate de rire.

- Oui ! Idiot tout de suite. Il y a trop longtemps que je ne me suis pas blottie dans les bras d'un homme. Toi tu me plais. Et puis ici ils me font tous chier…

Je voudrais lui demander qui sont ces gens mais elle me saisit la main et la pose doucement sur son sein.
- Embrasse-moi !

Je n'ai plus qu'à obtempérer.
La suite c'est comme dans un rêve... Un rêve qui jusqu'alors était resté flou, inconsistant. Où le plaisir avec une autre femme m'était refusé par la culpabilité que je me traîne depuis la mort de mon épouse. Son baiser est long et doux, avec un goût de menthe. Elle a ouvert son chemiser et j'ai la bonne surprise de constater qu'elle ne porte pas de soutien-gorge. Ce charmant guet-apens a été prémédité.

Puis ma conscience d'homme prend le dessus et je l'emporte dans la chambre. Yasmine est une femme libre. Tout de suite s'installe une égalité des gestes et des caresses. Nul ne sait qui domine l'autre. Chacun prenant l'ascendant tour à tour. J'avoue n'avoir jamais fait l'amour de cette façon. Ma chère épouse se laissait faire. Elle attendait voluptueusement mes caresses que je savais si bien lui prodiguer. Jamais elle n'osait entreprendre. C'était comme ça et c'était formidable. Je ne me suis jamais posé la moindre question, me contentant d'être tout simplement heureux. Aujourd'hui cette femme vient de me faire découvrir une nouvelle forme de relations.
J'en suis tout esbaudi.

Rassasiés provisoirement, nous reprenons nos esprits, blottis l'un contre l'autre, dans notre transpiration, encore étourdis de ce plaisir que nous avons enserré avec la vigueur de nos deux vies respectives. Je lui demande à brûle-pourpoint :
- Qui c'est le type qui m'a répondu l'autre fois au téléphone.
- Mon mari. Je veux dire mon ex…
- Je ne comprends pas.

- Je ne suis pas venu au Maroc en vacances. Mais pour essayer de récupérer ma fille que ce salaud veut marier à un vieux connard.

- Et alors ?

- Je dois être une mauvaise mère. Je ne sais pas comment il a fait pour la convaincre mais elle refuse de me voir.

- Où loges-tu ?

- Chez lui, dans sa famille ! Il veut aussi me récupérer et il me surveille. Je suis obligée d'en passer par lui si je veux revoir ma petite.

- Quelle âge a-t-elle ?

- Dix-sept ans.

- Et elle l'a suivi sans se laisser faire.

- C'est à croire.

- Comment cela se peut-il ?

- Depuis mon divorce les choses n'ont fait qu'empirer. Elle a cessé de travailler à l'école. Elle a fait fugue sur fugue, puis elle a refusé de vivre avec moi et s'est réfugié chez son père.

- Pourquoi ?

- Elle a honte de sa mère. Elle me traite de pute parce que je m'habille moderne, parce que je porte du court. Je ne prie pas, je ne fais pas le ramadan. J'ouvre ma gueule et chez moi c'est trop petit à son goût. Je n'ai pas non plus le salaire de son père qui la pourrit. C'est une gamine influençable et qui ne voit pas plus loin que le bout de son nez. Elle est déchirée par notre séparation et elle me rend responsable de son mal vivre.

- Et tu n'arrives pas à la raisonner ?

- Elle ne veut pas m'écouter. Les autres s'interposent à chaque tentative de ma part. J'ai essayé de le faire à l'autorité mais je me suis pris une baffe par mon beau-père. La gamine a rigolé et elle a dit que je l'avais méritée.

Nous nous habillons et finissons de discuter autour d'une tasse de thé à la menthe, à la terrasse d'un café.

- Que comptes-tu faire ?

- Je vais rester ici jusqu'à la fin du mois. Après je vais être obligée de rentrer en France pour mon boulot.

- Tu vis où ?

- A Bordeaux. Je travaille dans une mutuelle…
- Et si ta fille refuse de te suivre.
- Elle fera comme moi. Enfin je l'espère…
- C'est-à-dire ?
- Quand j'étais gamine nous habitions à Casablanca. A quatorze ans mon père m'a mariée de force à un cousin éloigné. Dans un bled perdu du côté d'Azilal. J'ai réussi à m'enfuir un an plus tard. J'ai cherché refuge chez ma mère qui vivait à Casablanca. Après m'avoir abandonné mon père avait répudié ma mère pour prendre une épouse plus jeune. Ma mère travaillait si l'on peut dire. A l'époque elle était femme de ménage dans un bâtiment administratif où travaillaient de nombreux coopérants. Un des ingénieurs a eu pitié de sa situation. Il l'a faite embaucher dans une entreprise de nettoyage à Paris. Avec des papiers officiels. Nous sommes partis sans rien. Avec une valise pour toutes les deux. Pendant six mois nous avons couché dans un studio sur des cartons. Le salaire que ma mère percevait parvenait à peine à payer le loyer. Au fil des années notre situation s'est quand même améliorée. J'ai réintégré le lycée, j'ai passé mon bac et j'ai obtenu un BTS de secrétariat. Je me suis mariée à mon tour et j'ai fait la plus grande bêtise de ma vie.
- De te marier ?
- Non ! Mais d'épouser un arabe… Avec tous les français qui me couraient après j'aurais mieux fait. Ma fille ne serait pas sur le point de devenir obèse et d'être vendue à un enfoiré.

Je ne sais pas quoi répondre… Je suis tellement éloigné de cette culture. Bien sûr de tels agissements me révoltent. Mais je me dis que si j'avais été élevé comme ces garçons du bled, peut-être aurais-je agi de la sorte ? Au lieu de répondre des âneries je préfère me taire. Je n'ai pas de solution à lui proposer.

Là-dessus la cousine pousse la porte et reprend possession des lieux. La tension renaît aussitôt et Yasmine me pousse dehors. Dans la rue, nous marchons, côté à côte, silencieusement, dans nos pensées respectives. De nouveau nous nous retrouvons plongés dans la cohue. Elle reprend mon bras et elle s'y appuie légèrement. J'aime sentir ce doux fardeau. J'avais oublié cette sensation se particulière d'abandon . Et cela me redonne un peu de l'assurance que j'avais perdue. Cette assurance du mâle. Du fort qui protège le faible. En réalité je ne protège rien et je ne suis pas fort. Nous nous réfugions dans un café à touristes tenu par un couple de grecs. Devant nos verres nous reprenons notre discussion. C'est à mon tour de parler de moi.

- Tu vois en ce qui me concerne c'est différent... Je suis un homme et suis français. Pourtant mon histoire a des similitudes avec la tienne. Mon père n'a jamais abandonné sa femme et j'ai grandi avec eux jusqu'à l'âge de dix-sept ans. Mais j'ai été en conflit plus tôt. Cela a commencé par le refus d'adhérer à la religion catholique qu'ils ont tenté de m'inculquer. Je ne sais pas pour quelle raison mais j'ai été immunisé contre ce satané virus le jour de ma communion solennelle.

Bien sûr je passe sous silence mon retour vers le passé. Je ne tiens pas à ce qu'elle pense qu'un aliéné est en face d'elle. Je continue donc :

- En grandissant je me suis senti de plus en plus en décalage avec eux. Rebelle, oui je l'ai été, mais sans oser le montrer. Mon père me faisait peur car il était fort en gueule et ma mère, avec son image de femme parfaite, m'intimidait. Alors je me suis enfermé dans les rêves, dans mes fantasmes pubères. Le baccalauréat en poche j'ai dit que je voulais entamer des études littéraires mais mon père m'a répondu sèchement qu'il n'en était pas question. Je n'ai pas osé l'envoyer se promener et je me suis plongé sans conviction dans des études de gestion puis d'informatique. Plus tard je me suis marié avec une femme qui partageait mes opinions et tout allait pour le mieux jusqu'au jour où elle s'est tuée dans un accident de voiture. Avec mon petit garçon. Il avait douze ans.

C'est à mon tour de me taire. Ma vie, mes états d'âme, sont éloignés de ses préoccupations et je le comprends. Mais je me trompe. Elle me dit :

- Ton fils est mort et ma fille est vivante. Ton sort est pire que le mien. Je ne sais pas ce que je ferais dans ce cas-là ?

Je rétorque :

- Il n'y a rien à faire. Juste à subir, à tenir le coup. Maintenant ma seule ambition est de mourir un jour, le plus tard possible, mais sans peur, tout en refusant Dieu. Et toi es-tu croyante ?

- Oui je crois en un dieu. Mais ce n'est pas celui du Coran ou de la Bible. S'il existait une religion qui ne dévalorise pas les femmes peut-être m'y soumettrais-je ? Mais à ma connaissance ça n'existe pas.

Progressivement la discussion perd de sa gravité au profit d'une détente de meilleur aloi.Nous avons bousculé le hasard et nous nous sommes retrouvés dans le creux d'un lit. Nous plaisantons conscients de la fragilité de ce petit moment de bonheur que nous nous sommes crées. Une complicité est en train d'éclore entre nous et je suis tenté d'en profiter pour aller plus loin dans la confidence, lui conter ce qui m'arrive. Mais je ne sais pas comment aborder la suite. Yasmine est préoccupée et ce n'est sans doute pas le bon moment pour lui parler. Son ex-mari lui fait visiblement peur. Maintenant elle craint de rentrer chez les beaux-parents. Notre parenthèse amoureuse au domicile de la cousine n'était pas une bonne idée. C'est une jeune paysanne illettrée qui a été mariée par ses parents pour lui éviter la misère du village. Voudra-t-elle se taire ? Elle n'était pas d'accord et il a fallu la persuasion farouche de Yasmine pour qu'elle accepte de s'absenter de chez elle.

Je règle la note et, cette fois-ci, c'est moi qui l'entraîne dans la rue. Je n'ai pas besoin de lui dire où nous allons. Mon attitude est cousue de fil blanc. J'ai encore envie d'elle et nous prenons la direction de mon hôtel. Elle croise de temps à autre mon regard et nos sourires disent le reste.

La nuit est tombée. Yasmine s'en est retournée chez ses beaux-parents, l'estomac noué. Elle a puisé dans son capital résistance la force d'affronter la vindicte de la famille. Je dois reconnaître que cette fille a du cran. L'émancipation est un sacré chemin d'embûches pour une musulmane. Je suis étendu et habillé sur le lit saccagé par nos ébats et j'ai la flemme de sortir. Pourtant la soirée ne fait que commencer et je suis toujours en vacances. Pour lutter contre la déprime rien ne vaut un bon repas. Sur cette décision qui me ravigote, je saute dans mes chaussures et file en direction du port. J'ai une nette envie de consommer du poisson grillé. Je suis prêt à supporter cette fois la cohabitation avec les touristes anglais et allemands. Après avoir englouti un plat énorme de crevettes et une dorade royale je m'octroie une balade au clair de lune sur la plage. Le vent a cessé et je marche pieds nus les baskets à la main. Je discerne quelques silhouettes de couples qui profitent de cette bienveillance de la pénombre pour flirter. Las de cette longue journée, je m'écroule comme une masse sur la plage en lâchant un soupir de satisfaction. Mes pieds enfouis dans le sable humide jusqu'aux chevilles j'essaye de ne plus penser à rien mais c'est difficile. L'océan et le ciel se confondent dans une sorte de pelure très sombre où se perd la ligne d'horizon. Plus haut les étoiles scintillent ainsi que toutes les saloperies que les humains ont expédiées en orbite. Le ciel est devenu une immense poubelle. Perdue, au milieu des étoiles j'aperçois le scintillement à peine visible d'une autre, encore plus éloignée, qui n'existe peut-être plus, d'un passé révolu. Le cosmos me ramène soudain à la réalité. Ce n'est pas la peine de faire le fier. Je me torture l'esprit à comprendre ce qui m'arrive.

J'ai un peu plus d'une semaine avant de clore mon périple. Mon billet de retour sur le bateau est payé. Mais avec la 403 je ne sais pas comment je vais m'y prendre. Espérons que j'aurais une place pour elle sur le ferry. Je n'avais pas prévu d'acheter cette voiture. Voiture qui est devenue, par la force obscure des événements, beaucoup plus que cela. Il m'est impossible de la vendre comme je l'avais imaginé lors de son acquisition. Si je ne peux pas la mettre sur le bateau je n'ai d'autre solution que la garer dans un garage et revenir plus tard la chercher. Je peux tout aussi bien modifier le voyage, renoncer à mon billet retour et prendre la route demain ou après-demain en souhaitant que le moteur tienne jusqu'au terme du parcours. Si je m'attarde aussi à Essaouira je serais dans l'obligation d'écourter mon séjour à Rabat où je comptais faire étape. De plus ma charmante idylle avec la belle Yasmine n'était pas prévue dans le programme de mes vacances en solitaire. Suis-je tombé amoureux, me dis-je, et comment le savoir ? Certes cette femme me plaît infiniment mais j'admets toutefois que mes sentiments sont encore flous. Il y a aussi la nette différence d'âge. En outre elle doit régler le problème de sa fille avec son ex-mari et ma présence risque d'aggraver les choses. De toute façon puisque Yasmine habite à Bordeaux nous pourrons facilement nous revoir et envisager la conduite à tenir pour notre relation. Et si toutefois je ne suis pour elle autre chose qu'un simple amusement sexuel.

De retour à l'hôtel j'hésite à me coucher directement. Le bar est ouvert et un verre avant de m'endormir serait le bienvenu. Le serveur est vêtu d'une veste blanche et il est debout derrière son bar. Il est plongé dans une partie de dés avec deux clients assis sur de hauts tabourets de l'autre côté. Un jeune marocain et un européen. Ce dernier possède un fort accent belge et s'esclaffe dans des commentaires à n'en plus finir. Il est passablement éméché et sa voix résonne dans la pièce. A côté, sur le bar lustré trône une bouteille de whisky à moitié pleine et un verre vide. Les musulmans ne boivent pas en principe. Le serveur semble bien connaître le belge et lui décerne du Michel en veux-tu en voilà. Ce dernier est un homme d'un certain âge, mince, la tête rasée avec des lunettes rouges qui lui donnent un air branché. Ce type paraît rempli d'idées. Son cerveau bouillonne et les mots sortent de sa bouche avec le débit d'une mitraillette. Avec en prime un beau sourire enjôleur qui l'affuble d'une certaine sympathie.

On m'invite à jouer et Michel me tend la bouteille. Il a tout compris. La nuit s'avance et la bouteille se vide. Quand le bar ferme ses portes, Michel m'invite à l'accompagner chez lui. Il a, paraît-il, une bouteille d'une eau-de-vie de poire qui mérite le détour. Il est retraité et vit au Maroc depuis bientôt trois ans. Il m'explique avec une fierté d'ivrogne qu'il est maqué avec une jeune berbère qui a quarante ans de moins que lui. Il me raconte en titubant qu'il va l'épouser car il en a assez du harcèlement de la police qui ne voit pas d'un bon œil leur couple. Ce n'est pas la différence d'âge qui les gêne. C'est l'aspect religieux. Il doit en passer par là s'il ne veut pas finir en prison et pour éviter d'être reconduit à la frontière. A Essaouira on ne badine pas avec ce genre de chose. Même le paradis à son revers, me dis-je. La tête me tourne et je me demande ce que je fiche avec ce type en pleine nuit. Devant sa maison je décline son offre et je le plante là, avec sa vie de merde, pressé de revenir à mon hôtel.

Malgré l'imbroglio des rues, après moult hésitations, et pour finir avec l'aide de deux policiers qui patrouillaient, je parviens à retrouver le chemin de mon hôtel. Celui-ci est fermé et je dois réveiller le gardien à longs coups de sonnette. Puis dès que je suis couché, je sombre dans un sommeil d'ivrogne sans penser à rien.

Un signe du zodiac

A sept heures le jour me réveille. J'ai du mal à me lever et je regrette amèrement mes excès alcoolisés. Après deux cafés, une douche froide et des vêtements propres, j'appelle Yasmine. Elle me répond à la quatrième sonnerie. Sa voix est chuchotée. J'ai pris la décision de m'en aller et je voudrais la voir pour le lui dire. Mais c'est impossible me répond-elle. Sa fille, durant son absence a piqué une véritable crise de nerfs et l'ambiance est au plus mal. Je comprends et je compatis sincèrement. Puis nous nous mettons d'accord pour nous revoir plus tard à Bordeaux. Nous échangeons nos adresses et je coupe la communication triste mais soulagé. Je vais pouvoir aller au bout de mon voyage l'esprit léger puisque le lien avec Yasmine n'est pas rompu.

J'ai conscience que j'avais besoin d'être seul pour accepter avec sérénité ce paradoxe temporel et tenter de comprendre pourquoi il m'est tombé dessus. Je dois assumer ce qui m'arrive.

Je prépare à la hâte mon sac et rejoins la 403 sur le parking. Je n'oublie pas le gardien et prends la route sans plus tarder après avoir fait le plein à la première station-service. J'ai 440 km à me taper pour rejoindre Rabat. Au début du séjour j'avais prévu de m'arrêter à Casablanca pour visiter la grande mosquée de Hassan. Il fait doux et le soleil couvre la région de sa chaude bienveillance avec une brise qui souffle sur le littoral. Je n'ai encore rien tenté pour revenir dans mon passé. Je ne tiens pas une grande forme. J'ai repoussé cette éventualité au lendemain. Cela me paraît plus sage.

La circulation est fluide et la 403 taille la route avec un cent kilomètres à l'heure assez respectable. Par contre à l'approche de Casablanca cela se gâte sérieusement. Des camions, des bus, des camionnettes, rendent la conduite de plus en plus difficile, voire même dangereuse. A soixante kilomètres avant d'arriver, je préfère donc emprunter la route côtière, en coupant par une voie campagnarde, pour éviter d'être coincé dans cet infernal trafic. Par la côte c'est plus sinueux, plus étroit, plus typique mais c'est dégagé et bien plus paisible.

Je parviens dans les faubourgs de Casablanca à mi-journée et m'évertue à rester dans les rues qui bordent l'océan. Je sais que la mosquée est bâtie sur le rivage ce qui est une vaste bêtise car elle subit de plein fouet les intempéries féroces de l'océan. Un quart d'heure plus tard je stoppe la voiture sur le parking vide face au monumental monument.

Il est impressionnant. Le minaret fait 200 mètres de haut. Après celle de la Mecque c'est la plus grande mosquée du monde. Mais avant d'aller plus loin je désire me poser et me désaltérer. A la terrasse d'un café je commande une bouteille d'Oulmes car j'ai encore les papilles pâteuses. Avisant des madeleines, je me laisse tenter. Aujourd'hui c'est plutôt régime.

L'énorme construction marbrée écrase les touristes de toute son imposante masse et rend minuscules les touristes qui flânent le long des murs. Le moment est propice... Je savoure pleinement la tranquillité du lieu. L'heure du repas est toujours paisible. Je règle mon eau et je m'en vais déambuler autour de la mosquée. Je prends des photographies et traîne devant l'entrée. Mais les visites ne commencent qu'à quatorze heures trente et je n'ai pas le temps d'attendre. Ni l'envie aussi... Toutes les religions pour moi se valent. Ce sont elles qui poussent à la guerre. Avec la violence des hommes, la cupidité, elles ont toujours envenimé les conflits au lieu de les apaiser. Mais déjà la queue se forme et je n'ai plus qu'à m'en aller. Après un ultime coup d'œil je reprends le chemin du retour. Il me tarde d'arriver à Rabat et je me demande pourquoi ai-je voulu voir la mosquée ?

Sur l'autoroute la voiture avale le bitume. Malgré la distance de ce parcours routier le moteur de la 403 a retrouvé la vigueur de sa jeunesse. Depuis mon départ d'Essaouira j'ai la sensation de tenir le volant du bout des doigts. Je repousse les pensées qui risquent de me faire décoller vers le passé. Et conduire dans ces conditions requière une attention particulière, extrême, où se mélangent l'angoisse et l'ivresse de la découverte.

Progressivement constatant que cette satanée bagnole me fiche la paix, qu'elle est en parfaite harmonie avec mes désirs, je me laisse aller au plaisir de la conduite. C'est une veille dame cette voiture mais le mécanicien qui s'en est occupé ces dernières années connaissait son boulot. Le moteur ronronne comme un petit animal.

Cette Peugeot est en bien des points tout à fait extraordinaire.

En fin de journée, je bifurque en direction de Témara et de la route côtière qui borde l'océan. Je veux pénétrer la capitale du royaume marocain par un des quartiers que j'ai le plus aimé autrefois. Pour que ma première vision soit celle des Oudayas et de ses remparts. Comme du temps ou les pirates étaient les maîtres de Salé, la ville jumelle de l'autre côté du Bou Regreb. La route côtoie un rivage chaotique où se brisent les vagues dans de grandes gerbes d'écume éblouissantes. Parfois, sous la projection furtive d'un éclat de soleil, quelques gouttes d'eau, fracassées par le vent sur le pare-brise, se transcendent en un scintillement qui me transporte au faîte d'un ravissement qui ne dure malheureusement pas.

La ville n'a pas changé ou si peu. Malgré la longue absence qui m'a séparé d'elle, je me gare sans difficulté à proximité de l'hôtel Splendide. Il est doté d'une délicieuse cour, agrémentée de grands palmiers gavés de santé, d'une végétation luxuriante, de fleurs multicolores, avec un lierre qui grimpe, qui couvre, entortille l'immense mur qui nous isole de l'immeuble voisin. Cachés dans ce fouillis de végétation des oiseaux innombrables gazouillent, volettent, agitent les branchages et créent comme un bruissement permanent. Cette verdure semble être animée d'une vie propre.

Ma chambre, en rez-de-jardin, donne directement sur ce patio. Je suis sous le charme après cette longue journée de conduite et de chaleur.

Je prends mes aises, m'installe, ouvre la fenêtre pour profiter de la fraîcheur de la nuit qui s'annonce. En face de l'hôtel il y a un snack mais je dois trouver, avant de manger, une autre place pour la voiture. Rabat ne fait pas exception. Assailli par la gangrène inexorable du manque de stationnement le centre-ville s'est adapté et il y a des horodateurs partout. Je dois sortir des remparts et aller me garer à proximité de la médina, un quartier populaire. J'ai essayé le parking de la Mamounia mais les tarifs pour la nuit sont prohibitifs et j'ai fait demi-tour. A la longue, j'ai trouvé une place devant un garage au nom évocateur d'un temps révolu. C'est le garage de Bordeaux rue al Hoceima. J'ai vu le gardien et il va me tenir à l'œil la voiture. De toute façon elle est vide.

Je reviens d'un pas nonchalant en longeant les hauts murs qui enferment la médina. A proximité de l'hôtel, sous des arcades, de nombreux marchands ont étalé sur le trottoir un véritable bric-à-brac. Bousculé de tous côtés par la foule qui s'agglutine autour de ce déballage hétéroclite, je suis pris à mon tour par la curiosité qui me fait pencher et chercher l'objet rare parmi ce fouillis. Mais il n'y a rien pour un simple touriste. Ce ne sont que des objets usuels. Plus loin, en me rappelant que j'ai faim, je renonce à l'idée du snack et continue ma promenade. Je marche un moment mais à ma grande déception je ne trouve qu'un boui-boui qui affiche une carte de poissons. Mais lorsque je suis assis le garçon me précise que la pêche a été mauvaise et qu'il n'y a rien. Je fais demi-tour et trouve un petit taxi car je commence à avoir les pieds en compote. Il me dépose devant un restaurant qui à ma grande surprise existe encore : « Le jour et nuit ». Je commande une entrecôte accompagnée de légumes. Je ne suis pas déçu quant à la quantité mais j'ai connu mieux pour la préparation ainsi que pour la cuisson. L'établissement a perdu le lustre de l'époque quand la jeunesse dorée s'y donnait rendez-vous. La veste blanche du serveur n'a plus sa fraîcheur. Les nappes ne sont pas amidonnées. Les meubles sont usés, la haie a mangé une partie de la cour où il faisait si bon prendre un verre le soir. Je suis un peu déçu mais tout est relatif. Le serveur n'a plus vingt ans et moi aussi.

Au retour, fatigué, j'intercepte un taxi qui m'amène jusqu'aux Oudayas. Malheureusement, si le jardin est encore ouvert, le café ne l'est plus. En contrebas des remparts on m'indique qu'il y en a un autre. Je suis un dédale de ruelles, d'escaliers dans la kasbah. Il s'agit d'un bar qui s'appelle la Caravelle. Le décor est curieux. On se croirait dans une crêperie bretonne. Les tables sont littéralement couvertes de cannettes de bière vides. Je suis sidéré. Je ne m'attendais pas à voir une telle profusion d'alcool. C'est assez surprenant. Jusqu'ici je n'ai jamais vu la moindre bouteille dans les cafés. Ici les tables croulent sous le poids des cadavres. Pas moins de dix à vingt sur chaque table et l'endroit est vaste. Autour c'est une clientèle de jeunes, vêtus à l'occidentale. Les visages sont souriants. La salle est joyeuse, bruyante, avec un goût d'ivresse et davantage pour certains. Je finis par trouver une place, juché sur un tabouret, accoudé à un tonneau en guise de comptoir.

Quand le serveur s'approche et me demande ce que je veux boire, la réponse semble toute trouvée. Je réponds, bien sûr, une bière. Avec un sourire gêné il me précise qu'il n'y en a plus. Cela paraît incroyable ! Dans ce pays où il est impossible de s'enivrer, à l'exception de certains hôtels, ici les autochtones ont bu la totalité du stock en quelques heures. Peut être existe-t-il une réglementation qui m'échappe ou qui limite la quantité de boisson vendue par jour ? Le comble c'est qu'il n'y a plus, ni thé à la menthe, ni café. Il ne reste que des sodas. Vexés je préfère tenter ma chance ailleurs.

Mes pas me portent vers la plage. J'aperçois des lumières. Il y a de l'animation sur des terrasses en bois autour de quelques baraques qui donnent sur l'océan. L'endroit est populaire et paraît agréable. Les verres de thé à la menthe en évidence sur les tables attestent qu'ici le traditionnel est bien présent. Des garçons jouent au foot soulevant le sable qui se pare d'or sous l'éclairage de la lune. Le bruit amorti des pieds nus qui courent, qui frappent le sol du talon, qui se heurtent, qui tapent dans le ballon, alterne avec les exclamations et les cris des joueurs.

Passé le temps de ce moment tranquille, je paye mon thé et je m'en retourne par le même chemin. Devant la grande porte des Oudayas un taxi me pêche au passage et me ramène en ville.

La douceur de ce début de nuit n'incline pas au sommeil. Il est trop tôt pour songer aux oreillers et mes pas perdus me tirent vers la promenade le long de l'avenue Mohamed cinq. Sur l'allée centrale, entre des bordures de gazon vert parsemées de fleurs, plantée de magnifiques palmiers, la foule profite de cette soirée propice à l'alanguissement du corps et de l'esprit. Les vitrines des magasins sont éclairées. Les lampadaires du haut de leur grandeur offrent leur clarté à ces gens qui passent sous eux. Tout au bout, un large bassin, rempli d'une eau claire attire les promeneurs fatigués. Je m'assois sur le rebord, mais à peine ai-je trempé la main dedans qu'un policier nous fait déguerpir à coups de sifflet.

Puis, la fatigue aidant, je fais demi-tour, direction l'hôtel.

Le lendemain soucieux d'écourter ce séjour mais en même temps de poursuivre cette quête du passé je m'offre une grasse matinée. J'en ai besoin. Dans la cour, sous un soleil qui marque déjà sa présence, j'enfile un copieux petit-déjeuner avec jus d'orange, tartines et chocolatines. J'en profite pour faire le point. Dans le projet de mes vacances j'avais prévu de rester à Rabat quatre à cinq jours. Je désirais revoir les endroits qui avaient marqué mon adolescence. La maison que nous avions habitée, la plage que nous fréquentions, et la médina où nous passions de longues après-midi à fureter dans les échoppes. Je voulais aussi revoir le palais royal, le quartier de l'Agdal, son cinéma, le lycée Descartes, tous ces lieux où j'avais laissé l'empreinte de ma jeunesse. Je décidais en fin de compte de ne prendre le chemin du retour que le lendemain de bonne heure. Et ce soir, à la nuit tombée de tenter l'aventure du retour vers Oraison.

Là-dessus, en pleine forme, douché, habillé, je commence donc ma visite éclair de la ville par un tour dans la médina. Dans la rue des Consuls, je déniche une lampe que j'achète sous un coup de tête. Chez moi je n'ai nul endroit où la poser et je n'ai personne à qui l'offrir. Et si je me l'offrais ce soir, c'est-à-dire si je l'offrais à ma petite mouture ? Cette idée me titille et je me dis qu'un gamin, fut-il moi-même, ne saurait que faire d'une lampe. J'avise donc un joaillier et me rabats plutôt sur un autre cadeau : une petite médaille en argent. Un signe du zodiac. Le scorpion puisque, par la force des choses, j'ai la même date de naissance que lui. Je suis excité par cette trouvaille et tente d'imaginer ce que ça risque de provoquer. La médaille va-t-elle rester dans le passé ? Vais-je la retrouver plus tard ? Faudra-t-il que je fouille dans les affaires de ma mère ?

De retour à l'hôtel j'ai faim. Je m'attable peinard devant une délicieuse omelette que j'avale vite et goulûment. Elle remonte l'horloge de ma vaillance. Puis par téléphone je m'emploie à réserver une chambre d'hôtel sur Tanger. Cette précaution prise je récupère la Peugeot et prends la direction de l'océan. Sur la banquette arrière j'ai posé un sac avec un maillot de bain et une serviette. Il n'est pas question que je m'en aille de Rabat sans avoir revu les Sables d'Or. Cette plage où j'ai passé tant de bon temps. J'en fais une question de principe.

En longeant la côte les souvenirs m'assaillent. Le restaurant la Felouque qui se dresse à l'entrée de la plage est encore là. Plus miteux sans doute mais suis-je objectif ? A l'époque j'avais les yeux de la jeunesse. Tout était beau. L'établissement est bien plus qu'un restaurant. Il fait hôtel et boite de nuit avec piscine et bungalows attenants à la plage. Le paysage a changé. Des villas, des résidences sont aussi sorties du sol. Il y a beaucoup de monde. Il flotte comme un air de fête. La plage est identique mais il me semble qu'elle est plus fréquentée qu'à l'époque. Il y a peu d'européens. A l'époque tous les coopérants s'y donnaient rendez-vous. Je retrouve avec plaisir les vendeurs de beignets mais aujourd'hui ils ne me font plus envie. L'eau me paraît plus fraîche mais j'étais plus jeune ; je nage vigoureusement derrière les vagues. Les rochers qui émergent à une centaine de mètres protègent les baigneurs de l'énergique caresse de l'océan.

Je sors de l'eau et m'en vais faire les cent pas le long de la plage. J'avais oublié le décor de cette partie de la baie et de le redécouvrir est un réel plaisir. Il fait bon se balader et la gaieté qui se dégage des enfants et des adolescents qui s'en donnent à cœur joie est contagieuse. Au fond une digue abrite quelques bateaux et délimite une autre bande de sable. Lorsque je rejoins mes affaires une jeune fille européenne est allongée à proximité sur sa serviette rose et parle à un jeune marocain qui se prend pour un play-boy. Malgré moi j'entends la conversation et me rappelle avec nostalgie quand je faisais la même chose. Mais le garçon se prend une veste et la fille replonge dans son bouquin.

En fin d'après-midi je range mon sac de plage dans le coffre de la voiture et m'offre une Heineken à la terrasse de la Felouque. Puis c'est le retour sur Rabat. Le coucher du soleil est sublime. L'océan s'écrase avec sa force, sa hargne éternelle, contre les rochers. A chaque assaut les récifs disparaissent sous l'écume blanche filtrée par le sang doré du soleil. Face à ce spectacle je conduis dans un état second, le corps baigné par cette quiétude colorée. Il y a de la circulation mais cela ne me gêne nullement. La 403 me protège. Ce n'est pas une voiture normale. Avec elle je ne risque aucun accident. Désirant profiter au mieux de cet instant privilégié que m'offre le destin je stoppe sur le bord d'un chemin de terre pour davantage contempler, sentir, la furie des vagues.

De nombreuses silhouettes filiformes de pêcheurs se détachent sur l'horizon. Ils paraissent fragiles, comme des pantins en équilibre dans le vent, dressés tel des funambules, brandissant leur cannes au lancer qu'ils agitent avec énergie, propulsant la lourde plombée, entraînant l'hameçon décoré d'un morceau de sardine. Sur le bord de la route un homme, le seau rempli de poissons, tente de les vendre aux automobilistes. Nombreux sont les pêcheurs qui font ainsi.

Je remonte encore quelques kilomètres et je me faufile parmi un amalgame de belles villas pour déboucher sur une crique. Un bout de plage entoure les rochers et je m'assois pour voir l'astre passer de l'autre côté. Puis à regret, je reprends avec un brin de tristesse la direction de l'hôtel.

A l'hôtel je téléphone à l'ancienne bonne de mes parents. Une pauvre fille de la rue qui avait sonné pour mendier une place le jour de leur installation, en 1968. Elle avait été la première à se présenter. Ma mère l'avait embauchée sans hésitation. Pendant des semaines la sonnette n'avait eu de cesse d'être actionnée pour la même raison. Quand de nouveaux coopérants arrivaient dans le quartier la nouvelle se répandait vite dans la population misérable du royaume marocain. Le bidonville du bord de mer était caché derrière de hauts murs pour ne pas gêner le roi et sa cour lorsque celui-ci se rendait en limousine à la résidence de Skirat. Là-même où il avait failli se faire abattre par des mutins de son armée. Je pense à Aznavour qui chante que la misère est moins dure au soleil et ça me fait marrer. La bonne s'appelle Fatima et je sais qu'elle attend mon appel. Ma mère depuis des années a gardé le contact et elle l'a prévenue de mon passage. Ma chère mère qui fait œuvre de charité chrétienne et qui lui envoie régulièrement de l'argent. En 1980 lorsque mes parents sont revenus vivre en France ils lui ont même payé une maison dans la médina pour qu'elle ne se retrouve pas à la rue avec ses trois gosses, tous de pères inconnus. Je n'y coupe pas et je suis obligé moralement d'accepter l'invitation pour le couscous qu'elle a l'intention de m'offrir avant que je reprenne la route. Il y aura ses filles et ses petits-enfants. Je vais donc repousser le départ de vingt-quatre heures. Le rendez-vous est pris pour le lendemain dix-huit heures. Ce problème réglé il est temps de préparer mon saut de puce vers le passé. Je range mes affaires et dès la nuit tombée je retourne à la 403 garée provisoirement devant l'hôtel. J'ai pris la précaution de payer l'horodateur. Ici on ne badine pas avec la police. On ne sait jamais ce qui peut vous arriver si l'on marche en dehors des clous. Cette fois-ci j'avoue que j'affiche une certaine anxiété…

Je dois y aller ! La médaille est dans ma poche. Je m'installe au volant et pose mes deux mains dessus. Je scrute le trottoir devant et derrière dans le rétroviseur. Un gars passe d'un pas nonchalant et me dégotte un rapide coup d'œil. C'est le tour d'une femme voilée entourée d'une volée d'enfants. Ensuite un mendiant aux jambes coupées qui se traîne sur une planche avec des roulettes. Puis je me dis que je m'en fous. Dès que le pauvre diable a dépassé la voiture, dans un boucan d'enfer, je serre le volant de mes doigts et me concentre en fermant les yeux. C'est fait ! Je suis de l'autre côté.

Je viens du futur

Je laisse l'obscurité du soir et retrouve le soleil. Suis-je revenu à la même époque ? Rien n'est sûr. Sauf la rue ! C'est toujours la même. La 403 est garée quasiment au même endroit. Je me demande ce qui se passerait si ce retour vers moi-même devait me propulser dans un lieu où il est impossible de se garer, comme à Marseille ou à Paris. Mais s'il n'y avait que ça ! Dans cette aventure il n'y a rien de rationnel et c'est inutile de perdre mon temps en de vaines suppositions.

Je claque la portière en douceur et j'observe la maison. Les volets sont ouverts et tout paraît tranquille. La fenêtre du séjour des voisins est grande ouverte. J'entends la voix d'un chanteur du moment. Je crois reconnaître Marcel Amont mais je n'en suis pas sûr. A priori je suis bien revenu dans le même espace temps.

Je passe devant la maison en me tordant le cou mais je ne vois rien. Je pousse un peu plus loin et soudain je comprends. Je sais à quel épisode marquant de mon enfance, je suis tombé. En levant le nez j'ai aperçu deux silhouettes furtives sur le toit du corps de ferme qui se trouve au bout de la rue. Je me rappelle de ce moment mémorable. Et il y a de quoi… tant la connerie avait été grande ce jour-là.

A la maison il n'y avait ni téléphone, ni télévision. Le soir je me souviens que nous écoutions à la radio les aventures de Nick Carter ou d'Arsène Lupin. Aussi, tous les jeudis j'allais chez mon copain Bernard, le fils du fermier, dont les parents avaient eu la bonne idée et les moyens d'acheter une télévision. Nous étions des fidèles de la fameuse série de « Zorro ». Nous n'étions pas saturé d'audio-visuel comme le sont les enfants d'aujourd'hui. Aussi les aventures de Don Diego de la Vega et de l'énorme sergent Garcia faisaient beaucoup d'effet sur notre imaginaire. Nous étions des petites éponges qui absorbions les péripéties du héros que nous reprenions à notre compte dès que la mère coupait le petit écran. Ce jour-là, bien plus excités que de coutume, nous étions rentrés dans la bergerie et quand nous en étions ressortis, jouant dans notre simulacre de combat, nous battant avec nos épées en bois, nous avions oublié de refermer la porte. Les brebis s'étaient sauvées dans la cour centrale de la ferme et les bêlements avaient rameuté le grand-père. Devant l'étendue du désastre nous nous étions réfugiés dans la grange où étaient stockées des balles de foins qui montaient jusqu'aux poutres de la charpente. Nous étions montés dare-dare tout en haut, avions déplacé des tuiles et nous nous étions esquivés sur le toit pour échapper au courroux du vieux. Zorro s'échappait souvent de la sorte. Nous voulions sans doute faire pareil. Nous n'étions pas conscient du danger. Le jeu aurait pu s'arrêter là et nous aurions pu redescendre par le même chemin si le pépé ne nous avait pas vu. Le vieux s'était mis à gueuler en provençal comme un fou furieux, en brandissant sa grande fourche et en nous intimant descendre. Mais sa présence nous avait fichu une telle frousse qu'au lieu d'obtempérer nous nous étions remis à cavaler sur le toit, autour du grand bâtiment, jouant à cache-cache avec le vieil homme, afin de lui échapper. Pris entre le désir de nous ficher une bonne correction, et celui de regrouper ses brebis, dont certaines déjà commençaient à s'échapper dans la rue par le porche qui étai resté ouvert, le pépé nous avait abandonné momentanément.

Nous en avions profité pour descendre et nous enfuir illico en vélo dans la campagne avoisinante.

Effectivement, plus loin, j'aperçois quelques brebis qui déjà se sauvent dans la rue. Le vieux ne tarde pas et je l'observe. C'est bien lui et il paraît plus jeune que dans mon souvenir.

Je me poste derrière un tas de planches qui traîne sur le trottoir et j'attends. Cela ne loupe pas. Peu après j'aperçois les gamins s'enfuir, juchés sur leur vélo, pédaler énergiquement. Le copain en danseuse sur le sien, un beau vélo de course, comme ceux du tour de France avec un guidon en chrome et des vitesses, et moi sur un vieux clou qui pèse une tonne, qui avait appartenu à mon père et qui datait de l'occupation allemande. Ils passent devant moi sans m'accorder un regard.

Je me doute où ils vont même si je n'en ai plus le souvenir.

Je fais demi-tour et monte dans la voiture. Je tourne la clef de contact et le moteur tourne. Je passe la première et tout se passe normalement. Je n'ai plus qu'à suivre la petite départementale qui s'enfonce entre les champs de pommiers. Il n'y a personne et je ne vois plus les cyclistes. Je me gare à proximité du canal. Ce canal construit par EDF est alimenté en amont par le barrage de l'Escale. Je me souviens que mon père m'avait formellement interdit d'y aller. Combien de fois lui ai-je désobéi ? Je ne sais plus. Les berges descendaient en pente abrupte vers l'eau qui courait très vite, poussée par un courant d'une force incroyable. C'était dangereux mais, comme tous les gosses, je croyais être immortel. Nous n'avions nullement conscience de ce que nous risquions quand nous nous étions assis sur les talons, le long des rives de béton, pour aller tremper nos mains dans l'eau.

C'est là que je les retrouve. Les vélos sont abandonnés sous une rangée de pommiers. Tous les champs alentours avaient étaient achetés par des expatriés d'Algérie qui avaient planté des arbres fruitiers. Les gens du pays qui eux se contentaient de regarder pousser les oliviers ne les avaient pas à la bonne.
Je m'approche. Ils sont assis, déchaussés, en train de baigner leurs pieds dans l'eau. Heureusement, le courant n'a pas l'air trop fort. Je les appelle :
- Hé les garçons ! Vous ne savez pas que c'est interdit de descendre là-dedans. Vous n'avez pas lu la pancarte là-haut !

Ils se retournent lentement, étonnés d'être ainsi surpris par un adulte. Je comprends instantanément que ma jeune réplique me reconnaît. Car dans le même instant, suivant le sacro-principe de la boucle est bouclée, le souvenir de l'homme dans le soleil qui nous demande de remonter est maintenant gravé dans mon souvenir. Cette sensation déjà éprouvée me surprend moins. A chaque nouvelle rencontre avec moi-même il y a ce phénomène avec un autre détail qui vient s'insérer parmi la nomenclature du dictionnaire de mes souvenirs. Mais ils n'apparaissent qu'au dernier moment comme dans le bac du révélateur qui fait naître sur papier l'image prisonnière d'un appareil photographique.

Avec la vélocité de leur âge les deux énergumènes remontent la pente en courant. J'attends près de leurs vélos pour éviter qu'ils ne s'échappent à ma barbe.

- Je vous reconnais, dit ma petite doublure.
- Je sais.
- Comment ça se fait que vous êtes là ?
- Je vous ai vu sur le toit de la ferme et je savais que vous vous réfugieriez ici.
- Vous savez ça comment ? dit le copain.
- C'est un secret entre lui et moi.
- Ah bon ! lâche ma réplique.

Bien sûr j'ai un tas de trucs à me dire. C'est-à-dire au petit. Mais le copain ne doit pas assister à la conversation. Aussi je n'y vais pas par quatre chemins.

- Dis-moi mon gars ton grand-père à l'heure qu'il est doit avoir regroupé son troupeau. Il a dû aller au potager à l'heure qu'il est. Il s'y rend tous les jours. Je pense que tu peux rentrer chez toi et laisser ton copain. J'ai des tas de choses à lui dire.

Le ton a été ferme. Je les écrase de ma hauteur d'adulte et de ce que j'avance. Le môme doit se demander comment se fait-il que je sache autant de choses sur le pépé ? Sans piper un mot il enfourche son vélo et nous laisse.

- Viens ! Allons nous asseoir sous ce figuier.
- Que voulez-vous me dire ?

J'attends que nous soyons installés pour lui répondre.

- Je ne vais pas y aller par quatre chemins. Ce que je vais te dire est très important et tu es suffisamment mûr et intelligent pour le comprendre et l'accepter.

La petite frimousse se renfrogne. Je me mets à sa place et c'est d'autant plus facile que je l'ai été. Cependant la situation est scabreuse et j'ai quelques difficultés à m'exprimer.

- Je viens du futur.

C'est dit. On dirait la réplique d'un film d'aventure. Le petit ne répond rien et se contente de tourner davantage la tête et de me fixer. Me croit-il ? J'ai la réponse instantanément. Non bien sûr. Je me souviens. Je n'ai cru cet homme que lorsqu'il m'a tendu sa pièce d'identité. Ce que je fais immédiatement. La main s'est tendu et le gamin a lu : nom, prénom, date et lieu de naissance.
- En conclusion je suis toi. Ou tu es moi. A nous deux on ne fait qu'un. Pour une raison que j'ignore j'ai la possibilité d'aller et venir dans le passé pour me rencontrer. J'avoue que je n'ai pas compris pourquoi mais je commence à avoir une idée. Qu'est-ce que tu en dis ?

Le pitchoun a les yeux braqués sur la photographie de ma pièce d'identité. Il ne parle toujours pas. Puis il se décide :
- Je vais être comme ça ?
- Oui ! Mais je suis déjà vieux là-dessus. Tiens ! Regarde mon permis de conduire. Là-dessus j'ai dix-huit ans. Tu vois que je suis un beau gars. Tu vas être comme ça ! Cela te plaît ?
- Vous venez du futur ?

Il a du mal à digérer la nouvelle. Pour dédramatiser la situation et pour l'amener là où je veux le conduire je lui dis :
- Avec cette tête de play-boy tu vas pouvoir faire la conquête de pas mal de filles.
- C'est quoi un play-boy ?

Zut ! C'est vrai qu'à l'époque on disait plutôt « pin-up », que je ne suis qu'en classe de sixième, que j'ai tout juste commencé à étudier l'anglais et que, d'entrée, j'ai été nul dans cette matière.
- C'est un type qui plaît aux filles.
- Il est amoureux ?
- Pas forcément.

 Et cela me revient. J'ajoute :
- Toi tu es amoureux de la fille de ton professeur de français. Le problème c'est qu'elle n'habite pas au village mais un lieu dit qui s'appelle la Buissonnière. Tu pourrais y aller en vélo mais tu n'oses pas. Vous avez été assis côté à côte au presbytère durant

toute l'année du catéchisme. Tu l'aimes à la folie mais tu es trop timide pour le lui avouer. A l'école la cour de récréation des filles est séparée de celle des garçons. Tu ne la vois que pendant les cours d'anglais que vous avez en commun et aussi le dimanche à la messe. Tu es très malheureux. Est-ce que je me trompe ?

- Tu es vraiment moi ? me dit-il complètement confondu.
- Je vais te dire pourquoi je suis là. Tu es prêt ?
- Oui ! Je vous écoute monsieur.

J'ai presque envie de lui dire que « monsieur » est de trop mais je me ravise. La situation est confuse pour moi mais elle est difficile pour lui. J'ai beau être lui, je suis avant tout à ses yeux un personnage extraordinaire qui l'impressionne. Je poursuis :
- Dans quelques temps ton père, ou le notre va être muté sur un autre chantier. Vous allez habiter à Marseille. Tu vas laisser ta petite copine et tu ne la reverras plus jamais. Là-bas vous allez habiter boulevard Michelet dans un appartement et tu auras peu d'occasion de croiser des filles. Ton lycée n'est pas mixte. Cela se fera plus tard. Vous allez y rester presque trois ans puis vous allez déménager pour aller à Chambéry. Là c'est une autre vie qui t'attend. Tu vas y être très heureux et bien plus libre que tu ne le penses. Ton père va t'inscrire chez les scouts. Pendant cette période d'adolescence tu vas te balader en montagne avec ta patrouille. Ton père si sévère d'ordinaire sous le prétexte que tu portes un uniforme le week-end va te lâcher la bride et tu auras ainsi beaucoup de liberté. Tu vas en profiter pour faire les quatre-cents coups mais avec les filles tu ne vas pas briller malgré ta jolie gueule. Tous les jours, tu sortiras du lycée des garçons et tu auras comme consigne de rejoindre le bureau où travaille ton père qui te ramènera en 403 à la maison pour manger. C'est lors de ce parcours, dans cette rue, que tu vas tomber éperdument amoureux d'une jolie blondinette que tu vas croiser régulièrement sans jamais oser encore lui adresser le moindre signe de la tête. Puis tu ne la verras plus et cela sera trop tard. Tu vas t'en souvenir toute ta vie… Puis il va y avoir Hélène une voisine qui habite une rue près de chez toi. Un jour tu vas recevoir une jolie lettre enflammée de sa part. Elle va te

déclarer son amour et ta mère, notre mère, je veux dire, va lire la lettre et te la remettra après. Tu vas avoir la plus belle honte de ta vie. Mais là encore, la belle Hélène, que tu vas aimer aussi avec passion, tu ne vas jamais oser lui adresser la parole. La pauvrette va attendre en vain que tu te décides. Et lorsque tu le feras enfin il sera encore trop tard puisque tu seras en 1968 et que vous déménagerez, cette fois-ci, pour le Maroc.

- Pourquoi je vais être comme ça monsieur ?

- Eh bien ! Sans doute à cause des parents, de cette éducation puritaine qu'ils nous distillent chaque jour que le soi-disant bon dieu fait. Quand tu auras la force de t'émanciper tu auras plus de vingt-cinq ans. Et tu auras loupé ta jeunesse sentimentale... Mais cela n'est pas grave et je ne suis pas ici pour te dire d'être plus entreprenant avec les filles. Après tout cela prouve que tu n'es pas un petit macho et que tu fais partie des romantiques. Une race de seigneurs en voie de disparition.

- Pourquoi alors ?

- Écoute bien la suite mon garçon et grave ce que je vais te dire dans ta mémoire. Durant l'année 1971 tu vas rencontrer une superbe jeune femme que tu vas épouser un an après. Ce sera l'amour de ta vie. Vous aurez un enfant. Un petit garçon qui se nommera Patrick. C'est elle qui décidera de ce prénom. Toi tu préféreras Bertrand mais elle trouvera que c'est moche. Tu seras informaticien car ton père ne voudra pas que tu fasses des études littéraires. Pour l'instant tu ne le sais pas encore mais à l'âge de dix-sept ans tu vas écrire des poèmes et tu vas rêver que tu veux devenir écrivain. Tu ne seras pas assez fort pour lutter contre tes parents et leur éducation. Tu vas te soumettre. Mais ceci est aussi une autre histoire. Je ne suis pas venu pour te dire ton avenir professionnel.

Le gamin me regarde avec des yeux exorbités. Je ne sais pas si je fais bien de déballer en vrac son piètre avenir. Je ne suis là que pour lui dire de ne pas épouser Mireille. Pour ne pas lui faire d'enfant. Pour ne pas vivre avec elle. Pour lui éviter de mourir un matin ensoleillé avec son fils sur le bitume d'une rocade meurtrière. Voilà pourquoi je suis là. Uniquement pour tenter d'influer le destin. Pour sauver la vie de ma femme en effaçant celle de mon fils pour la seconde fois. Il faut en finir et je lui dis :

- Écoute-moi bien! Le 28 avril 1985 au matin ta femme, ou la mienne, avec mon fils, vont se tuer en voiture. C'est cela la raison. Il faut que tu te débrouilles d'une manière ou d'une autre pour ne pas épouser Mireille. Pour ne pas lui faire un gosse et surtout pour qu'elle ne prenne pas la voiture ce jour-là.
- C'est tout ?
- C'est énorme. Tu ne peux pas te douter à quel point ce sera difficile de ne pas l'aimer lorsque tu la rencontreras.
- Je vais la rencontrer quand ?
- Sur les bancs de l'université. Elle viendra un jour s'asseoir à côté de toi. Tu ne pourras pas y échapper. A moins de ne pas faire des études d'informatique.
- Où ça monsieur ?
- Quoi donc ?
- Les études d'informatique.
- A l'université de Toulouse. Souviens toi de la date !
- Le 28 avril 1985, monsieur. Mireille… Elle s'appelle Mireille.

Je regarde le minot. Ai-je raison de lui parler de la sorte ? A le voir ainsi je me demande s'il n'est pas déjà amoureux de ma chère Mireille. Mon intervention ne changera rien sinon différer peut-être l'accident à une autre date ou un autre lieu.

- Bon ! Je vois que tu as retenu la leçon. Je vais pouvoir m'en aller. Je ne sais pas si c'est prudent de rester si longtemps en ta présence. Il ne faut pas oublier que nous ne faisons qu'un et je n'ose même pas te toucher.
- Pourquoi ?
- Qui sait ! Nous risquons de déclencher une catastrophe, voire même mourir. Peut-on savoir ? Rien de ce qui nous arrive est normal et l'on doit quand même se méfier. Toi aussi mon gars.
-Emmenez-moi ?
- Où ça ?
- Avec vous, dans le futur. Au Maroc je crois…
- Ce n'est pas possible . Cela n'aurait aucun sens. Tu dois vivre ta vie. La mienne. En essayant juste de sauver Mireille. Voilà mon petit gars ! Je ne pense pas que je reviendrais te voir. J'ai

réfléchi. Si je ne me suis pas trompé la porte va se refermer. C'est logique. Mais rien n'est certain. Alors faisons comme si cela était et disons-nous adieu.

J'ai envie de lui caresser la tête dans un geste affectueux mais j'évite. Puis je me souviens de la médaille.
- C'est un cadeau pour toi. C'est le signe du scorpion. Garde-le en souvenir de cette discussion. Bonne chance !

Je m'en vais. Tout le poids de son regard pèse sur mes épaules. Je ne me retourne pas et grimpe dans la voiture la gorge serrée. J'ouvre la portière et m'installe au volant et me concentre pour disparaître. Une seconde avant de me dissoudre dans l'espace j'aperçois ma frêle silhouette devant le capot. Le petit m'avait suivi. En ouvrant les yeux dès mon retour devant l'hôtel je me souviens parfaitement de cette vision d'enfant, de cette voiture qui soudain s'est volatilisée, ce jour-là, devant mes yeux ébahis.

A Rabat la nuit est douce. Je mets un moment à sortir de la bagnole. Je devrais être satisfait mais je reste assez perplexe. Si j'ai réussi mon coup, à ce jour, je ne devrais plus être marié et Mireille devrait être vivante quelque part. Je suis assez dubitatif car en moi rien ne semble avoir changé. Je suis épuisé et trouve à peine la force de rejoindre ma chambre. Je me jette sur le lit et m'endors sans me déshabiller. J'ai eu à peine le réflexe de jeter mes chaussures sous le lit.

Le stylo vole sur les lignes

Le lendemain le réveil est pénible mais je fais avec. Je passe la matinée à l'hôtel et l'après-midi, comme tous les touristes, je m'en vais voir la tour Hassan, réplique en partie du clocher de la Giralda de Séville. A quelques pas de là un superbe bâtiment en marbre avec un toit de tuiles vertes sert de mausolée au roi Mohammed V. Il en occupe le centre. Le sol est d'un marbre splendide. Aujourd'hui il y a une dépouille supplémentaire. Son fils, Hassan II, qui est relégué dans un coin comme s'il était puni.

La visite terminée, je laisse les lanciers à cheval qui sont en permanence à l'entrée et récupère la 403 garée à l'ombre d'une maison couverte de bougainvilliers, celle d'un haut dignitaire, me dis-je. Il me reste quelques heures avant mon rendez-vous et j'en profite pour me rendre à Salé. Les potiers que j'ai connus et qui étaient installés dans des bicoques le long de la route n'existent plus. Un incendie a ravagé l'ensemble il y a quelques années. Depuis, à la place, un village d'artisans est né. C'est un site incontournable pour le tourisme. J'ai quelques difficultés pour m'orienter. La mémoire me joue des tours. A la station où je fais le plein aucun des employés ne parle français. C'est la première fois que je rencontre des marocains qui ne possèdent pas des bribes de français. D'autant qu'ils ne sont pas jeunes. Peut-être sont-ils étrangers ? Avisant un policier je lui demande de m'indiquer la route. Enfin après avoir longé un complexe de jeux pour enfants, je découvre le village.

J'ai hâte de visiter les boutiques. Quasiment tous les métiers y sont représentés. Il y a ceux de la ferronnerie, de l'ébénisterie, de la menuiserie, du cuir, des potiers, du cuivre, et bien d'autres que j'oublie, avec des stands qui débordent de réalisations d'excellentes qualités. Par rapport à la médina cela semble cher. Mais ici les prix sont affichés. Ce n'est pas à la tête du client. Il faut reconnaître que c'est du premier choix.
Je reste un moment chez un fabriquant d'ustensiles de cuisine en terre cuite. J'achète un plat à tajine décoré d'arabesques. Je

ne cuisine pas mais ce plat me remémore des jours heureux et cela me suffit.

Comme prévu Fatima me retrouve devant la poste. Après les embrassades, l'émotion évaporée, je l'invite à monter dans la voiture que j'ai garée dans une rue adjacente. Nous allons chez sa fille aînée qui habite rue Kartom, dans le quartier de l'Océan. Elle m'explique qu'elle vit chez elle mais qu'elles vont bientôt déménager car sa fille vient de divorcer, où plutôt c'est le mari qui est parti. Il va vendre la maison.

Elles m'installent sur leur banquette et me gavent de thé et de pâtisseries sucrées qu'elles ont achetées en mon honneur. Nous échangeons des nouvelles. Puis la deuxième fille, Naima, arrive avec son mari et ses trois enfants. Toute la famille s'est réunie pour me voir et cela me fait chaud au cœur. Le mari est un garçon qui a un sourire accroché au coin de la bouche. Il est réservé et m'explique qu'il travaille avec son frère. Ils partagent les revenus d'un petit taxi dont ils sont les propriétaires. Cela leur permet de survivre honnêtement. Naima parle de faire un autre enfant car malgré ses diplômes elle n'a jamais réussi à obtenir un emploi. Elle pense que c'est à cause de sa couleur de peau. Elle est noire contrairement à sa mère. Quand je la vois je ne peux m'empêcher de me rappeler ce que Fatima avait avoué à ma mère, alors qu'elle travaillait déjà chez nous. Quand elle avait appris qu'elle était enceinte elle avait soutenu mordicus qu'elle n'avait jamais eu de rapports avec un homme mais qu'un noir l'avait regardée avec trop d'insistance. Naïveté, pudeur, ou humour ? Fatima n'est pourtant pas idiote. Je pense que c'était plutôt une forme de non-dit. Elle n'avait pas eu envie, ou osé, à l'époque, en parler.

Puis c'est le moment de s'attaquer au couscous qui depuis un moment embaume la maisonnée. En l'honneur des retrouvailles je prends une série de photos avec la famille qui se serre sur la banquette devant la belle pyramide de semoule. Le couscous est excellent et nous le dégustons avec une assiette et une cuillère. J'avais craint d'être obligé de le manger à la main comme cela m'était arrivé une fois dans le sud. Mais j'ai juste oublié qu'ici ce sont des gens de la ville. Pour le dessert c'est une pastèque et des raisins juteux qui sont les bienvenus pour terminer ce repas excellent.

Nous avons parlé d'autrefois mais aussi de maintenant.

La digestion sur les grands coussins de la banquette flirte avec la sieste quand arrive le frère, le vilain canard boiteux, le vilain mouton noir de la famille. Il occupe seul abusivement la maison dans la médina que mes parents ont achetée à sa mère avant leur retour en France. Après de longues palabres mouvementées il admet cependant qu'il doit restituer les lieux et se chercher un logement puisqu'il possède un emploi et qu'il peut se payer le loyer. Il m'en fait une promesse. Mais l'affaire est loin d'être terminée. Il sait que je vais m'en aller, que sa mère ne veut pas faire intervenir la police pour éviter la honte sur elle et son fils, même si elle pense qu'il est indigne. C'est aussi un homme qui a une maladie de peau. En outre comme c'est un alcoolique et qu'il se drogue Fatima a peur de sa réaction.

Puis comme par enchantement un gâteau au chocolat est sorti du four et cela fait diversion. Nous terminons par le thé à la menthe.

J'ai passé une excellente soirée. Je leur ai donné l'argent dont j'avais la charge, celui de ma mère pour les aider, et pour faire bonne mesure, j'ai arrondi moi aussi à deux milles dirhams. Les billets étaient tournés en un rouleau tenu par un élastique. Je l'ai glissé discrètement dans la main de Fatima. C'est elle la fée ménagère dans cette maison. Elle m'a remercié d'un sourire triste et gêné, un sourire humble, et elle a enfoui l'argent dans son tablier. Je sais qu'elle en fera bon usage pour sa famille.

En cherchant à stationner dans le quartier des orangers que je sais par expérience plus tranquille, visité la nuit par la police, sous la vigilance des gardiens des ambassades qui se trouvent à proximité, je passe devant la maison de la rue Lavoisier. Elle est encore habitée. Rien n'a changé hormis le portail et un mur en briques qui a remplacé la clôture. Une pièce donne encore de la lumière sur la rue. C'était la chambre de ma frangine que je m'amusais à réveiller en lâchant le chien, le long du couloir, et en faisant sauter ses quarante kilos de muscles sur le lit où elle dormait.

La maison me rappelle le temps écoulé. Je ne m'attarde pas à la contempler. Je trouve facilement une place et je rentre à pieds à l'hôtel. La digestion est difficile. Cette balade nocturne vient à point nommé. Je franchis les remparts par cette porte où je suis tant de fois passé. A cette heure-ci il n'y a personne. Tout paraît tranquille. Le mur, de cette terre ancienne, encore épargné par l'usure, offre dans la clarté de la lumière rasante du lampadaire le souvenir de sa splendeur passée. Une pelouse verte érige ses brins d'herbe autour des massifs fleuris, pelouse africaine de tant de vigueur qu'on la dirait en caoutchouc.

Je longe la voie ferrée et je me souviens de mes voyages. Puis c'est la promenade sur l'avenue Mohammed V avec sa coiffure de palmiers et enfin l'hôtel. Je ne m'attarde pas et me plonge avec délice dans les draps.

C'est l'heure de fermer les yeux, de s'endormir et de rêver au futur.

Il est presque huit heures quand je me réveille. Il fait bon mais cela ne va pas durer. Il va faire très chaud. Je prends le temps de déjeuner puis je règle ma note avant d'aller chercher la 403. C'est toujours un instant difficile celui du départ. Avec comme une poudre de regret qui humidifie ma nostalgie je quitte une ville que je ne reverrai plus de sitôt.

Si de mon côté je tente de ralentir le temps par ma lenteur, la ville est baignée par une effervescence joyeuse. Durant la nuit des dizaines de drapeaux ont été mis en place. Là où la veille il y avait un policier, on peut en compter trois. Un podium a été monté devant la poste. La fête commémore l'anniversaire de la célèbre marche verte. Lors de ces manifestations il est prudent de savoir si le roi doit se déplacer car la ville est alors coupée en deux pour un temps indéterminé. Aussi m'enquiers-je auprès du premier uniforme. Le policier rigole. Il m'affirme qu'il n'en est rien. J'en profite pour prendre une photographie de la poste avec son style colonial et l'avenue Mohammed V derrière avec ses magnifiques palmiers caressés par la brise matinale.

Je récupère la voiture et retourne à l'hôtel prendre mon sac de voyage que j'ai laissé à l'accueil. Il pèse son poids. A l'épicerie du coin j'achète mon habituelle provision d'eau de Sidi Ali puis je me dirige vers Salé. Je rate l'embranchement pour aller sur l'autoroute mais je ne cherche pas à rattraper mon erreur.

J'ai toute la journée pour arriver jusqu'à Tanger.

Il ne fait pas encore trop chaud et je me délecte du paysage que m'offre la route. A Kénitra, je raccroche la voie rapide qui va me conduire pour trente neuf dirhams à Tanger. Le voyage se déroule sans accroc, le moteur continue à ronfler gentiment et je me félicite encore une fois des performances de cette vieille Peugeot. Elle s'est avalée plusieurs centaines de kilomètres en dix jours. Et je ne parle pas de ses déplacements dans l'espace temps.

En réalité l'autoroute cesse quarante kilomètres avant la ville. Ce n'est qu'aux alentours de treize heures que je pénètre dans les premiers quartiers Au premier carrefour je fais le plein et paye avec ma carte pour économiser l'argent liquide qui me reste. Puis je m'empare du plan de la ville ; je dois trouver la rue où se niche l'hôtel Andalous. Je ne suis pas sûr d'obtenir rapidement un billet pour la traversée et je risque de passer un ou deux jours sur place.

A proximité de l'hôtel il y a un petit restaurant. Je commande une pizza et mange tranquillement. Le ventre calé je m'en vais à la recherche d'un taxi. Je ne tarde pas à me retrouver installé à l'arrière d'une fiat en piteux état mais le chauffeur me conduit sans problème à la gare maritime. Contrairement à ce que je craignais j'ai pu acheter un billet pour le lendemain. N'ayant rien d'autre à faire je me balade dans la vieille ville. C'est le dernier jour de mon séjour sur le sol de mon adolescence. J'ai du vague à l'âme mais que puis-je y faire ?

Sur le trottoir où je traîne ma carcasse il y a des tables. C'est un bar à l'allure sympathique. Je profite d'une chaise qui se libère.

Il fait bon... Je commande un café et laisse mon regard errer sur les passants. Le décor de cette ville magique qui a tant fait rêver l'occident.

Après avoir compté les dirhams qui me restent je repars acheter un bracelet en argent que j'ai vu dans une boutique. Le prix est élevé mais je n'ai pas le goût de marchander. Je l'offrirai à ma nièce. Puis en sortant de la boutique je me dis qu'il est temps de rentrer. J'en ai marre de me balader sans savoir où je vais. Je saute dans le premier taxi que je croise mais cette fois-ci je suis plus vigilant. Lorsque le chauffeur s'apprête à démarrer sans remettre son compteur à zéro je lui en fais la remarque sur un ton peu aimable et j'attends qu'il obtempère avant de lui refiler l'adresse de l'hôtel. Le gars perd son sourire mais qu'importe !

A mon retour dans ma chambre je fouille dans mon sac à la recherche d'un carnet que j'ai acheté la veille à Rabat. Puis je descends et m'attable dans le restaurant où j'ai mangé en début d'après-midi. Je demande au patron un jus d'orange et à quelle heure il entame son service. J'ai une bonne heure devant moi et j'en profite pour entamer le récit de mon voyage. Je ne sais pas pourquoi j'ai eu curieusement ce besoin. Je ne me l'explique pas. Je n'ai jamais tenu de journal, ni même rien écrit depuis la naissance avortée de quelques poèmes de jeunesse. J'ouvre le carnet et devant la page blanche je n'ai aucune hésitation. Le stylo s'envole sur les lignes. Je ne me reconnais pas. Pris par la fièvre de l'écriture je m'abandonne. Pourquoi ai-je subitement une telle facilité à dans l'écriture ?

Le repas expédié je réclame un thé et replonge illico dans mon récit. Dans ma chambre d'hôtel le manège continue et je n'ai de cesse d'écrire tant que je n'ai pas raconté, du début jusqu'à la fin, mon périple et mes extraordinaires voyages dans le passé.
Épuisé je laisse le carnet entièrement noirci et tombe de fatigue sur le lit. Je n'ai aucune idée de l'heure... Il est évident qu' une autre journée vient de débuter. Ma montre s'est arrêtée. Comme le ferry ne part qu'en fin de journée j'ai le temps de dormir. Je m'endors soulagé, heureux de ma prestation littéraire. Je me

réveille vers les onze heures, la gueule enfarinée et après avoir avalé deux grands cafés vite fait, réglé ma note, je récupère ma chère 403 et file à la gare maritime.

Quand je débarque sur le quai d'embarquement c'est presque treize heures. J'ai tout l'après-midi avant l'heure du départ.

Je fais enregistrer mon billet.

Puis je dois manœuvrer pour aligner mon véhicule dans la file d'attente. Dès que celle-ci est en place je me réfugie à l'ombre d'un pilier tandis que les employés entreprennent d'organiser une autre file au fur et à mesure des arrivants. Sous l'immense hangar la température est brusquement montée sous la force du soleil. Le port est en pleine activité. Un grand cargo, en robe noire, paré d'un collier de rouille, avale des semi-remorques qui disparaissent, péniblement, en marche arrière dans son ventre gavé de ferraille.

Dans un des coins du hall, il y a un petit bar qui propose des sandwichs aux brochettes et des boissons fraîches. Les prix sont élevés mais le gars profite de sa position car il est seul. Comme il est impossible de ressortir je suis obligé d'en passer par lui. Autour il y a de plus en plus de monde qui cherche comme moi un brin de fraîcheur. Plus loin deux jeunes filles discutent. Elles ont posé sur leurs valises les revues qu'elles ont achetées. D'où je suis posté je peux entendre leur conversation. L'une s'appelle Marianne. Sa copine est une marocaine avec un look jeune et moderne. Elle a un fort accent de Marseille et je tue les minutes en savourant leurs propos d'adolescente. Le temps lui s'écoule chaudement. Je n'ai pas remis ma montre à l'heure aussi je la mesure au nombre croissant des files de voitures en partance qui viennent à chaque instant remplir le parking.

J'ai pris une photographie du port avec la casbah à l'arrière plan mais j'ai dû parlementer avec un garde qui ne voulait pas que je sorte l'appareil de l'étui. A la longue je lui ai donné les cinq euros qu'il réclamait et j'ai pu faire la photo. Pour le prix il est revenu plus tard m'apporter une bouteille d'eau sortie du frigo.

Après les formalités de la police et de la douane je suis autorisé à monter à bord du Nogador Panama. Je laisse la 403 garée en bonne place et monte régler un problème de cabine. C'est une histoire compliquée mais dans cette palabre je me débrouille pour avoir gain de cause.

Avec discrétion l'obscurité s'empare de la ville pendant que les dernières voitures disparaissent dans le garage du ferry. Sur le pont, mon sac rangé dans la cabine, je contemple les lumières de la ville qui scintillent sur le fond bleu marine du ciel.
L'air venant du large est doux. Cet appel nous invite au départ mais, au pied du ferry, une dernière voiture tarde à quitter le quai. Autour, plusieurs képis s'affairent, tournent comme des bourdons fébriles. Il doit s'agir d'une histoire embrouillée de passeports. Toujours est-il, nous avons plus de quatre heures de retard. Mais ici personne ne s'en formalise. A vingt heures, le bateau fait enfin sa manœuvre et nous doublons la digue du port.

Sur un navire les gens sont tous comme des moutons. Et je fais partie du troupeau. Malgré le sandwich que je me suis acheté avant d'embarquer, j'ai faim et m'installe dans la file qui déjà se constitue à l'entrée du snack. Le repas est identique à celui de l'aller puisque c'est le même type de bateau avec la même décoration, la même répartition des salles et les mêmes menus. Le repas fini, connaissant le bateau, l'ayant parcouru pendant des heures à l'aller, je m'assieds dans un salon avec l'intention de relire mes notes. C'est une salle spécialement dédiée pour le repos des passagers qui n'ont pas la chance d'avoir une cabine. Des habitués, s'installent sur la moquette, entre les sièges sur des couvertures fournies par l'équipage.

Calé, mon carnet sur les genoux je repense à ce voyage que je viens de faire. Je ne suis pas au bout de mes peines. Ai-je bien agi en voulant détourner le destin ? Mireille a-t-elle échappé à l'accident ? Mon fils chéri a-t-il seulement été conçu ? Et si je m'étais trompé ? Ce flash-back sur mon passé a-t-il une autre signification ? Poussé par ces questions qui me font douter j'ai soudainement l'envie de rejoindre la 403. Repartir de nouveau à Oraison. En avoir le cœur net. Mais que vais-je dire au petit garçon ? Je n'en ai aucune idée et rejette l'idée provisoirement. En outre réaliser ce transfert temporel en pleine mer ne me dit rien qui vaille. Je préfère le plancher des vaches pour cela. Je referme le carnet et rejoins ma cabine. Je n'arrive pas à dormir. Vers les trois heures je n'y tiens plus et je me lève.

Le bateau semble vide. Seuls des adolescents tournent en rond, désœuvrés, mais résolument obstinés à l'idée d'aller se coucher. Les pièces sont allumées sauf celles qui servent au repos. Dans le silence le vrombissement des énormes diesels qui propulsent le ferry me rassure sur le comportement du bateau. Cette litanie sourde, lancinante, à la longue, me réinvite au sommeil comme une berceuse monumentale. Mais la mer et son mystère est là. Et je ne parviens pas à l'oublier. Elle est à l'affût de la moindre erreur de la part de ces humains qui ont l'outrecuidance de se déplacer, de glisser, de fendre la peau sombre de sa surface. Je finis par faire un tour sur le pont supérieur mais les embruns me repoussent à l'intérieur. Je repars dans mon lit pour me tourner et me retourner jusqu'au petit matin.

La mer s'est réveillée

Je me lève tôt. Je récupère une tasse de café, deux croissants que je pique dans la panière du snack et m'en vais déjeuner sur le pont supérieur, à l'extérieur. Mais une pluie fine m'en chasse rapidement et je réintègre l'intérieur.

La journée va s'étirer péniblement. Dans le salon la télévision est allumée mais personne ne la regarde. Il passe le Seigneur des anneaux. Les enfants s'arrêtent de courir un instant devant l'écran puis repartent jouer dans des galopades effrénées. Les petits ont un lieu aménagé où ils peuvent, en sécurité, sauter sur d'énormes coussins et ils s'en donnent à cœur joie. Autour des tables il y a ceux qui prennent le sempiternel thé à la menthe. Ce sont de longues discussions. Un homme, devant un verre vide, a le regard perdu dans l'horizon. L'entrain de l'aller n'est plus. L'euphorie est passée. Aujourd'hui, c'est le retour vers le quotidien, le labeur, et pour certains l'exil pour un an encore…

Vers quatorze heures j'essaye d'aller au snack et regrette de n'avoir pas pris un billet confort. Pour ceux-là, il existe une salle de restaurant, d'autres plats et il n'y a pas d'attente. Je prends donc mon mal en patience. Une dispute au niveau de la distribution des plats entre un passager et un responsable du service assure le spectacle. Cela met un peu d'animation et fait paraître le temps moins long dans cette interminable attente. C'est au sujet de la propreté des plateaux que la revendication a eu lieu. Quand arrive mon tour, je peux constater qu'ils ne sont pas très nets. Pourtant les pauvres employés dans l'étuve de la cuisine, face à ce nombre important de bouches affamées n'ont guère le loisir de se reposer.

Lorsque je tends mon assiette on me répond qu'il n'y a plus de tajine de moutons. J'attends impassible que l'on me cuisine de la dinde avec des haricots. Il faut posséder une bonne dose de patience et d'humour pour résister. La gamine qui était sur le parking, la veille, et qui se nomme Marianne, était devant moi dans la file d'attente. Mais elle en a eu assez de piétiner et elle a préféré partir respirer sur le pont. Plus tard, mon repas vite avalé, je la retrouve à l'avant du bateau et lui offre les deux petits pains et la pomme que j'ai récupérés. Elle me remercie et les dévore car maintenant l'appétit de la jeunesse se fait sentir. La pluie a enfin cessé. Nous sommes assis sur des transats et échangeons quelques banalités puis nous nous piquons du nez dans nos livres respectifs.

Le ferry oscille soudain. Une grosse vague nous a soulevé. La mer s'est réveillée. Dans les minutes qui suivent le changement est flagrant. Autour des figures livides ont du mal à conserver un sourire fringant. Une jeune femme se penche par-dessus le bastingage pour vomir. D'autres cherchent désespérément dans les rafales du vent un autre air qui ferait disparaître comme par enchantement leurs nausées.
Marianne se lève. Elle a fini son livre. Elle m'annonce avec un sourire charmant qu'elle va faire la sieste. Le temps n'existe plus quand on est dans les bras de Morphée. Par contre, je suis toujours plongé dans mon Stephen King. Je ne suis pas prêt de le terminer.

Et le bateau continue sa course le long des côtes espagnoles. J'alterne mes séances de lecture avec des balades sur le pont. En fin de journée c'est la corvée du repas. La petite Marianne est déjà là. Je subodore qu'elle n'a pas envie de laisser sa place comme à midi. Elle me fait un signe et je la rejoins. A peine une heure trente de patience, la routine, me dit-elle avec une dose d'humour tintée de philosophie. Enfin, quand c'est à notre tour, naturellement nous nous installons à la même table. Elle est étudiante et elle a passé ses vacances chez sa frangine qui vit à Agadir. Après avoir avalé le potage et le rôti de veau, bien cuit, nous nous régalons avec une part de gâteau à l'orange doublé d'une mousse que je trouve excellente. Nous rejoignons ensuite le bar. Que faire d'autre sur ce bateau ?

Marianne est partie s'acheter à la boutique une cartouche de cigarette pour son copain tandis que je termine mon livre. Dans son roman « Shining » Stephen King décrit les aventures d'une famille dans un hôtel hanté. Je me suis laissé avoir par sa trame et je voudrais maintenant aller jusqu'au bout de l'histoire. Mais j'ai des difficultés à lire. L'orchestre s'est mis à jouer et une chanteuse est apparue. Je pense à Yasmine et je me demande si elle a réussi à se dépatouiller de sa situation familiale. L'artiste a de la voix. C'est le moins que l'on puisse dire. Je ne résiste plus. Après avoir avalé mon thé à la menthe, je prends congé de Marianne et gagne ma cabine. J'espère que cette fois-ci je vais passer une nuit meilleure que la précédente.

J'habite un petit collectif

A sept heures du matin le boucan occasionné dans le couloir par les passagers me réveille. Je roule mes affaires dans mon sac puis je vais prendre mon carburant, mon café, sans lequel je ne peux entamer aucune activité. Je récupère des croissants que je m'en vais croquer sur le pont. Et prendre ainsi connaissance de l'humeur du temps.

Les côtes espagnoles se dessinent au loin et la mer a retrouvé son calme. Depuis notre départ de Tanger le ferry a tangué tout du long. A huit heures trente mon téléphone portable vibre et j'ai quelqu'un à l'autre bout du fil que je ne connais pas. Je lui dis qu'il fait erreur et je raccroche. Il rappelle et je lui réponds encore une fois qu'il fait fausse route. Pour ne plus être dérangé je coupe l'appareil et le fourre dans ma poche en l'oubliant. La seule personne qui aurait envie de me parler c'est sans doute Yasmine mais je ne suis pas certain de vouloir l'écouter pour le moment. Je n'ai pas encore pris de décision pour une rencontre ultime avec moi-même. Cela me prend la tête !

Marianne m'a rejoint. Elle est allée chercher un café et un autre croissant car la cafétéria est toujours ouverte. Elle est en forme et elle est contente de rentrer chez elle, de retrouver sa famille, me confie-t-elle. Sa réflexion anodine me blesse profondément et ravive brusquement ma douleur. Je n'ai plus de famille. C'est ça la douleur. Recevoir quand on s'y attend le moins un coup bas au niveau des souvenirs. Mais que faire ? Résister, encore résister jusqu'à la fin. Ce n'est que ça la vie ! Soudain, au loin, j'aperçois Satuna, un village où un vieil ami possède une villa qui domine la région. Avec son immense hôtel qui se dresse sur une pointe rocheuse au bord de l'eau, entre deux criques. Par déduction je repère la villa avec sa piscine et le mur vert de soutènement. La plage est reconnaissable avec ses antennes qui la défigurent depuis des années. Elles sont comme des échardes dressées vers le ciel. Elles appartenaient, m'a-t-on dit, à une base militaire américaine, orientées vers la Russie. De nos jours elles servent de relais radio et sont toujours là sur la plage. Mais le bateau malgré son énorme masse file à toute allure. Bientôt nous ne distinguons plus la plage qui se perd dans le brouillard.

Nous poursuivons notre route le long des côtes. Le temps est couvert mais il fait bon. Je campe sur le pont en admirant les falaises du Cap Creus qui se profilent au loin. Nous accusons toujours nos quatre heures de retard sur l'horaire quand nous voyons enfin devant nous les quais de Port-Vendres.
J'observe médusé la manœuvre d'accostage puis je me joins à la foule qui déjà s'agglutine dans les coursives et les escaliers. Après une descente compliquée, bousculé de part et d'autre avec mon sac qui me gêne, je débouche dans le garage. Mais ce n'est pas encore gagné car les voitures sont serrées si près les unes des autres que j'ai des difficultés à me frayer un chemin entre les pare-chocs pour parvenir jusqu'à la 403.
Dès que nous nous retrouvons sur le sol ferme les voitures sont dirigées vers le poste de douane. Les formalités sont rapides. Un fonctionnaire a juste regardé à l'intérieur de la voiture et m'a demandé d'ouvrir mon sac qu'il a à peine fouillé.

J'ai des titillements dans les membres. La route est devant moi. La route et son goudron. La route et son imprévu. Ces deux jours d'immobilisation m'ont fait réaliser combien j'ai pris goût à la liberté. Avec un ciel en mouvement, accroché au volant, au-dessus d'une route qui défile à cent kilomètres au-dessous de moi. Le panneau indicateur marque Narbonne. Avec un peu de chance je peux y arriver sans qu'il ne soit trop tard pour trouver une place où dormir.

J'évite de prendre l'autoroute. Je dois ménager la voiture. C'est que l'on a fait un sacré bout de chemin ensemble ! Et c'est bien plus qu'une simple bagnole. C'est un vaisseau temporel. Et qui sait ce qu'elle me réserve sous son capot. A Narbonne je stoppe devant un restaurant, un routier encore ouvert et me tape un bel onglet aux échalotes avec frites et salade. Le tout arrosé d'un rosé. Avec en prime une tarte aux pommes. Lorsque j'en sors le plafond du ciel n'est qu'un magnifique tapis constellé d'une multitude de poudre d'or. Je suis encore d'attaque, loin d'avoir sommeil. Par une soudaine décision je redémarre en direction de Toulouse. La vitre est baissée et le coude au vent. Comme au bon vieux temps. Lorsque je voyais mon cher père conduire de cette façon.

La citée de Carcassonne est illuminée. Ce décor magnifique me fait à chaque fois autant d'effet. Comme c'est beau, me dis-je avec fierté. A cette heure de la nuit il y a peu de voitures. La voie est libre et j'en profite. Ce n'est qu'en voyant le gyrophare d'une voiture de flic qui stationne sur une avenue que je lève le pied. Ils sont devant un bar. Je distingue des silhouettes sur le trottoir. Sans doute une bagarre... Ensuite c'est à nouveau le tunnel profond de la nuit. Le goudron. Les phares jaunes. Les platanes qui défilent sur le bas-côté. Mon pied qui commence à peser lourdement sur l'accélérateur. Mes paupières de plus en plus alourdies. Mon crâne qui n'est plus qu'un fouillis où se perdent mes pensées et qui me fiche un mal de chien. Il est temps que j'arrive Toulouse.

Quand je me gare dans ma rue, dans le quartier des Minimes, je n'ai plus qu'une hâte. Me couler dans mon lit. Je suis crevé. Je sors mon sac et ferme la 403.

J'habite un petit collectif où je loue un appartement. Comme d'habitude j'introduis la clef dans la serrure de la porte d'entrée mais celle-ci refuse de s'y introduire. Je peste, je refais le geste et je n'y arrive toujours pas. Ce con de syndic a changé les clefs pendant mon absence ! C'est ce que je me dis. Je suis obligé de faire demi-tour car je n'ose pas réveiller un voisin. Tant pis ! Je reprends la voiture et pars en quête d'un hôtel pour finir la nuit. Près de la gare Matabiau il y a ce qu'il faut.

Une tempête se déchaîne dans mon crâne

Ce matin le réveil n'est pas agréable.
La chambre est minable et chère. Je ne me suis pas méfié et la veille j'ai pris le premier hôtel venu. Au bruit incessant dans le couloir, des piétinements, éclats de voix, sommiers grinçants à travers la cloison, halètements, gueulantes alcoolisées sous ma fenêtre, je me suis rendu compte que je m'étais fourvoyé dans un hôtel de passe. Mon mal au crâne n'a pas cessé d'empirer. Jamais jusqu'alors je n'ai eu des migraines aussi carabinées même au plus fort de mes emmerdements.

Le café est mauvais. A moitié vaseux je m'en vais quérir la 403 au bord du Canal du Midi. Le stationnement est payant durant la journée. Les flics municipaux ont déjà fait une tournée. Un vilain papillon est collé sur le pare-brise. Je rigole en le jetant sur le siège arrière. Cela m'étonnerait fort qu'ils retrouvent ma trace avec une pareille immatriculation.

De retour chez moi je fais une nouvelle tentative avec ma clef. Sans succès. Je tente de comprendre mais je ne suis pas plus avancé que la veille. Il est neuf heures environ et je sonne chez la dame du dessus. Elle est impotente et elle quitte rarement son appartement. Pourtant elle ne répond pas. Mais soudain mon regard se porte sur les affichettes au-dessus des sonnettes. Le nom de la vieille n'y est plus. Mais le plus surprenant c'est que le mien aussi a disparu. A la place je déchiffre une certaine madame Youssef. C'est gribouillé avec un stylo vert. Abasourdi j'appuie sur le bouton plusieurs fois. L'interphone grésille en même temps que la porte vitrée s'ouvre. Sans hésiter je pousse la porte du plat du pied et je grimpe quatre à quatre jusqu'au second.

Devant la porte de mon appartement une grosse femme, vêtue d'un collant blanc, avec des cuisses de catcheuse, la face mal dégrossie d'un triste matin semblable à des centaines d'autres, une poitrine énorme qui déborde d'une tee-shirt noir douteux, m'attend de pied ferme. Surpris, face à cette ogresse, je perds contenance et je ne parviens pas à lui expliquer qu'ici c'est chez moi. Derrière sa masse imposante, à travers la porte restée ouverte, j'aperçois l'appartement. Le décor horrible que je vois m'affirme que je me trompe. Pourtant c'est bien le deuxième étage. Appartement de gauche. Il n'y a aucun doute. Dans le couloir et aussi dans le séjour le capharnaüm est digne d'une grande malade. Il y a de tout partout. Des tas de vêtements sont en boules, empilés sur des chaises et sur le canapé. La tapisserie est déchirée. Des revues jonchent le sol du couloir. Des sacs poubelles débordent sur le carrelage. Des cabas en plastique de supermarché sont remplis d'objets. Avec en prime une odeur de pisse de chat ou de chien. Je ne saurais dire. A la vue de ce spectacle je perds mon assurance. Soudain le palier vacille. Je m'appuie sur le mur et balbutie une connerie comme excuse. Sous l'œil éberlué de la femme je fais demi-tour mais avant d'attaquer la première marche j'ai le réflexe de lui demander depuis combien de temps elle habite ici. Elle me rétorque de mauvais grès qu'elle est propriétaire depuis des années avant de me claquer la porte au nez.

Dehors, appuyé contre la 403, je tente de retrouver mes esprits. Je dois faire une sale gueule. Une femme est passée devant moi et elle s'est retournée en me dévisageant d'une étrange façon. J'ai chaud. Vraiment très chaud. Je me défais de mon pull-over et l'envoie promener sur le siège passager. Perturbé je m'assois au volant. Je veux fuir. Me concentrer. Repartir dans le passé. Le moment est vraisemblablement mal choisi pour faire ça. J'ai un véritable problème. Je dois le résoudre au plus vite. La réalité. Ou plutôt la nouvelle réalité c'est que je n'ai plus de chez-moi. Quelque chose s'est passé. Bien sûr, il est évident que cette anomalie est lié à mon aventure. Je fais le tour des solutions plausibles mais si le gamin a suivi mon conseil, il a sans doute évité le pire à ma chère Mireille. Mais peut-être a-t-il fait plus ? Beaucoup plus !
Peut-être a-t-il eu une vie différente de la mienne ? Peut-être n'est-il pas devenu informaticien ? Peut-être n'habite-t-il pas à Toulouse ? Peut-être est-il devenu un autre homme, avec une autre mentalité, d'autres sentiments, d'autres ambitions, ou pire

d'autres malheurs ? Voilà le résultat de ma stratégie débile et désespérée ! Je me suis perdu dans ce labyrinthe. Suis-je dans le passé ou le présent ? Plus précisément : le passé a-t-il rejoint mon présent ? Un passé qui se superposerait à ma réalité en noyant dans une autre forme les objets et les personnages. Et peut-être qu'un autre moi-même, adulte cette fois, se balade par là ? Au risque de me tomber dessus un de ces jours. Mais alors, cela voudrait-il dire que j'ai complètement basculé dans l'autre dimension ?

J'extirpe mon portable que j'avais oublié dans mon sac de voyage. Je le branche. Sur l'écran s'affiche la demande du code d'ouverture. Je m'exécute et il me dit que le numéro est erroné. Je recommence mais je dois me rendre à l'évidence. C'est comme la clef de mon appartement. J'imagine soudain, avec effroi, que pour ma carte bancaire c'est pareil. Je me précipite au premier distributeur de l'avenue et j'en suis pour mes frais. J'en ai marre ! Mon mal de tronche me tire-bouchonne de plus en plus. Je laisse la 403 et me réfugie dans le premier troquet venu. Je commande une bière pression et à la serveuse qui me paraît gentille je la supplie de me dénicher une aspirine. Je réfléchis. Avec difficulté mais je réfléchis... Je suis un apprenti sorcier. En fait j'ai connecté ma petite doublure, le gosse que j'étais, sur un autre avenir. Je l'ai positionné sur d'autres rails. Sans m'en rendre compte. J'ai semé et aujourd'hui j'en récolte le fruit. Je me suis fait prendre à mon propre piège. Que faire ? Si je pouvais accéder à mon répertoire téléphonique je pourrais appeler quelqu'un et lui réclamer de l'aide en lui disant que je suis devenu amnésique. Mais sans le code je ne peux rien faire. J'essaye pourtant plusieurs possibilités mais en vain.

Le verre terminé je demande si je peux téléphoner. La serveuse me tend l'appareil qui se trouve sur le bar. Je fais de mémoire le numéro de mon boulot. C'est la voix d'une jeune femme qui me répond et je ne la reconnais pas. Je souhaite parler à l'un de mes collègues. Celui-ci décroche et je me retiens de lui dire qui je suis. Au contraire, je veux savoir si Michel est là. C'est-à-dire moi-même. Il me répond avec sa bonne grosse voix bourrue du

Tarn-et-Garonne qu'il n'y a pas de Michel dans le bureau. Je m'en doutais. La nasse se referme. Quelle est donc aujourd'hui ma profession ? A court d'idées une étincelle claque cependant dans ma boite crânienne. Les violentes pulsions qui la chauffent depuis mon levé se sont apaisées, semble-t-il. Ma carte bancaire doit avoir un autre code comme tout le reste. Au guichet de la banque je peux obtenir du liquide et par la même occasion en apprendre davantage sur mon identité. De toute façon la banque est un passage obligé car je vais être à court de pognon. J'ai encore quelques chèques mais l'adresse maintenant est fausse et, sans une carte valide, je ne risque pas d'aller bien loin avec si peu.

A l'agence j'explique que j'ai oublié mon code. La fille me demande une pièce d'identité et je sors mon passeport que je lui tends sans l'ouvrir. Elle le consulte et me demande de remplir une fiche où l'on me demande mon adresse. Le stylo et sa chaînette à la main j'ai un moment de flottement. La fille en voyant ma mine déconfite se méprend. Elle ouvre le passeport et me dit :
- Tenez ! Vous n'avez qu'à recopier.

Elle a dû croire que j'avais la maladie d'Alzheimer.
Tremblant je m'exécute. C'est l'adresse de Toulouse avec le tampon de Tanger mais je m'attends à une réaction de sa part. Je me décide toutefois :
- L'adresse n'est plus valable. Vous pouvez vérifier dans votre ordinateur… Il y a une autre adresse.

La fille change de visage. Elle devient soupçonneuse.
- En effet ! Une adresse sur Rennes, me dit-elle sans préciser.

Elle me regarde par-dessus ses lunettes rouges et attend une explication. J'accuse le coup mais je fais l'idiot, comme si de rien n'était. Puis elle repart à pianoter.
- Je ne comprends pas ! Votre carte semble obsolète. Elle ne correspond à aucun numéro de compte.

J'en profite pour y aller de ma petite improvisation.

- Je reviens de vacances et j'ai eu un léger accident de voiture. J'ai perdu un peu la mémoire… Et je ne me souviens plus de certaines choses. Notamment je me mélange les chiffres. Ce qui est pénible pour les codes. Vous savez ce que c'est maintenant avec toutes ces cartes...

Elle ne répond rien, se lève, et va voir son chef. Elle revient cinq minutes plus tard avec le responsable de l'agence.

Je reste une demi-heure dans son bureau. Le temps de régler l'imbroglio de ma situation. Par chance, le nouveau citoyen que je suis est encore dans la même banque. Après une lecture lente et approfondie de mes papiers, mon identité ne leur pose plus de problème, malgré les fausses adresses. Il n'y a que cette histoire bizarre de la carte bancaire qui les étonne encore. Le responsable me questionne à son sujet. Il veut savoir si elle a bien fonctionné. Et quand ? Pris au dépourvu j'ai répondu que oui et récemment au Maroc. A force de ne rien comprendre le jeune gars me fait signer une demande pour l'obtention d'une nouvelle carte. J'en profite pour lui réclamer un versement caisse. Mais avant de quitter son bureau j'ai réussi lorgner sur l'écran l'adresse à Rennes. J'habite au dix avenue Jeanne d'Arc.

- Vous recevrez votre nouveau code à votre domicile.

Je le remercie du bout des lèvres puis j'empoche les billets que j'ai réclamés. Je suis livide.

Dehors, sur le trottoir, groggy comme évacué d'un ring de boxe après avoir reçu une correction, j'avance à pas lents, la liasse de billets encore dans la main. Le soleil là-haut brille. Le ciel est d'un bleu limpide. Il fait bon. Mais j'ai froid. Les gens affichent un air joyeux. Moi je suis décomposé. Désarmé. J'ai peur de découvrir ce que je suis devenu. Peur surtout d'être prisonnier définitivement dans une autre existence.

De toute évidence mon voyage n'est pas terminé. La ville rose, Toulouse, la ville de ma vie d'homme, n'est qu'une étape. Je suis devenu breton et cela ne me plaît pas du tout. Mais pas du tout ! Et grand dieu ! La solution est pourtant là-bas. Avant de reprendre la route un détour par Oraison me semble utile.

Ayant recouvré mes capacités physiques et quelques neurones en état de marche je m'installe au volant et ferme vivement les yeux. J'évacue toutes les pensées négatives et porte toute mon attention au souvenir de la rue des écoles. Dans le sud éloigné de ma prime jeunesse… Agrippé au volant j'attends. Mais rien ne se passe. La porte sur le passé s'est refermée. La 403 est redevenue une simple voiture. Juste une voiture de collection en parfait état de marche. Et puisqu'elle ne sert plus qu'à rouler je tourne la clef de contact et mets les voiles illico en direction de la Bretagne.

Je prends la rocade et fonce droit vers le péage de Bordeaux au nord de la ville. Je cale mon pied sur la pédale de l'accélérateur et me tiens à une vitesse de cent dix kilomètres. Le voyage va être long. J'ai les yeux collés sur le bitume qui s'écrase sous mes pneus. Une tempête se déchaîne dans mon crâne. J'ai laissé ma décontraction au guichet de la banque. Peu à peu, au fil des premiers kilomètres, les derniers événements dont je suis le jouet s'insèrent insidieusement dans une logique qui me fait froid dans le dos. Les objets usuels que je porte ne sont plus en concordance avec la réalité. Mes clefs ne fonctionnent plus et ce n'est plus le même appartement que j'ai. Ma carte bancaire est un casse-tête chinois pour ma banque. A priori pour eux elle n'existe pas. Mon portable n'est plus accessible car le code est changé. Et j'imagine que c'est la même chose pour tout le reste. Que vais-je découvrir à Rennes ? Je n'ose pas y penser. Mon double, maintenant adulte, existe-t-il en chair et en os comme lors de mes récentes rencontres extra-temporelles ? Ou me suis-je substitué à lui ? Il y a deux hypothèses probables. Quoique la première me semble plus logique. Cette intuition ne repose sur rien mais c'est aussi celle que je redoute le plus. Car je ne vois pas d'issu. Nous allons être deux sur le même poste de vie. Deux pour la même identité. Tout ce que je souhaite c'est que la voiture à un moment donné veuille bien me réintégrer dans ma dimension.

Au niveau de Golfech je laisse sur la droite les deux énormes réfrigérants de la centrale nucléaire. Fondamentalement rien n'a réellement changé. Je reconnais les mêmes décors. On dirait que le temps possède différentes couches superposées, comme un mille-feuille. Rien, semble-t-il, ne les distingue les unes des autres. A l'intérieur de ces sortes de tunnels qui se chevauchent en parallèle des portions de vie passent de l'une à l'autre mais sans infléchir pour autant la poursuite des événements majeurs de l'humanité. Où suis-je seul à profiter de cette extraordinaire opportunité ? Pourquoi le grand organisateur de ce bordel n'a-t-il pas permis à un soldat exterminateur de sauter dans une autre période pour liquider Hitler ou Staline pour éviter ces guerres qui ont ensanglanté l'humanité ? Ou est-ce tout bonnement un accident de la nature qui arrive si rarement qu'il ne change rien statistiquement à la continuité du monde ?

Je n'ai guère envie de passer par Bordeaux. Je préfère couper par le vignoble bordelais. A Saint-Jean-de-Blaignac, je fais une halte pipi. La 403 est garée sur un petit quai et tout en pissant dans l'eau j'admire le pont qui enjambe la Dordogne sur ma droite. L'eau est boueuse et le ciel vérolé de minuscules nuages gris. L'air est doux mais une brise humide sollicite mes narines. Des barcasses bleues à la peinture écaillée sont amarrées sur la berge en face. Le long de la route j'ai aperçu un panneau qui vantait la lamproie, ce fameux poisson migrateur, que je n'ai jamais dégusté, et qui vient se faire pêcher jusqu'ici. Un peu plus loin, il y a une auberge cossue avec une terrasse sur la rivière. C'est l'heure de casser la croûte et je me laisse tenter par le menu. Quand tout va mal rien ne vaut un bon repas pour vous remonter le moral. Le mien est vraiment au plus bas et par conséquent le prix affiché de la carte ne m'effraye pas Au menu il y a du sandre et j'en commande avec une bouteille de Saint-Émilion. C'est le moins que je puisse faire. Le célèbre village est à quelques kilomètres à peine. Mes profiteroles englouties, je termine mon verre et je vais payer à la caisse en espèces puisque je n'ai plus de carte bancaire.

L'estomac bien calé, en infraction car dans mes veines coule le bordeaux pour le restant de l'après-midi, je reprends la route. Je passe Libourne et roule vers Montendre. J'ai baissé la vitre et respire à plein poumon l'odeur des pins. Les nuages ont laissé la place au bleu du ciel. Puis je réintègre l'autoroute et laisse mon pied peser à nouveau sur l'accélérateur jusqu'au marais Poitevin. A Niort j'ai laissé l'autoroute de Paris sur la droite et j'ai pris la direction de Nantes. Après avoir fait le plein, acheté une bouteille d'eau et des bonbons à la menthe, pour tuer le temps, car je n'ai pas de radio, je me remets au volant. Soudain je change d'attitude. J'appuie à fond sur l'accélérateur. Comme pour faire subir à cette fichue bagnole le poids de ma rancœur. Tout compte fait, c'est quand même à cause d'elle que ma vie est chamboulée. Si au début cela m'a amusé, aujourd'hui je ne rigole plus. En roulant, les pensées se sont déroulées dans de multiples directions. Elles m'ont mené à une même conclusion. C'est cette vieille Peugeot à la con qui est la cause de tout ! Je me jure de la foutre à la casse dès que j'en aurai l'occasion.

A Nantes c'est l'heure de pointe. Dans le dédale des rocades je n'ai pas intérêt à rater un carrefour. Heureusement Rennes est bien indiqué et j'arrive à m'y retrouver. Ensuite c'est une quatre voies, gratuite et limitée à 110 kilomètres à l'heure. Mais cela ne me concerne pas. Je me suis calmé et je roule à quatre-vingt dix. Je ne suis plus très pressé d'arriver. Peur de découvrir ce qui m'attend.

A Rennes j'ai suivi le panneau centre-ville puis j'ai cherché une place près de la gare. Je dois m'organiser et ne pas foncer tête baissée dans le mur. Je me méfie. Je déniche un hôtel qui me paraît nettement mieux que celui de Toulouse. La fatigue se fait sentir et j'ai le malheur de m'étendre sur le lit. Lorsque j'ouvre les yeux il est pas loin de vingt-deux heures. Maintenant j'ai faim. Je descends dans le hall et demande à la réceptionniste où je peux manger à cette heure. Elle m'indique une brasserie et je m'y rends aussitôt. Steak Frites et dessert. Rassasié je paye et profite de la tiédeur nocturne pour une balade nocturne. Rennes est une belle ville où il semble faire bon vivre. La plupart des magasins ont conservées leur devanture en bois et les rues ont du cachet. De beaux immeubles à colombages un peu partout accentuent le côté Moyen-Âge restauré de la ville. Je marche au hasard et le hasard fait bien les choses car il me conduit rue de la Soif. Justement ne n'ai plus sommeil et j'ai le gosier sec. Je pousse la porte d'un bar, le moins bruyant, et m'assieds sur un tabouret en inox au comptoir. Je commande un Bourbon puis très vite un deuxième. J'ai besoin de faire connaissance avec la ville. J'ai besoin de faire connaissance aussi avec les bretons. Et l'alcool est un excellent moyen pour ça. Deux heures plus tard je suis copain avec un marin-pêcheur à la retraite qui habite Saint-Malo et qui est venu rendre visite à sa fille. Je cause aussi avec un buraliste qui tient boutique à deux pas de là. Avec une chômeuse professionnelle, blondasse, sans âge, limite obèse, et qui lève le coude plus vite que son cul. Un jeune étudiant qui a laissé sa chambre sous les toits pour venir se remonter le moral à coup de bière. Une jeune femme, juchée sur des hauts talons, en chasse d'un bon coup et le patron, un grand et bon gros type avec une gueule rougeaude, qui sait tout sur tout. Et c'est tant mieux pour lier connaissance avec ce qui est, au premier abord, mon chez moi, ma ville d'adoption, dans cet univers parallèle. Demain j'irai chez le buraliste acheter des journaux et le plan de la ville pour aller traîner dans le quartier Jeanne d'Arc où je suis censé habiter. Puis la dernière goutte avalée, à l'heure de la fermeture, tout ce beau monde se retrouve dehors et j'ai du mal à retrouver mon chemin. Heureusement les gares sont toujours bien indiquées en France et les panneaux sont assez gros pour que je puisse les voir malgré la cuite carabinée que je me tiens. Je dors jusqu'au lendemain midi.

C'est lui qui commence

Je traîne devant un café croissant et, lorsque la plupart des gens sont censés être à table, moi je m'en vais chercher ma voiture. Dedans, assis, les deux mains posées sur le volant, je ne sais si je dois tenter une nouvelle escapade en Provence. Je ne suis plus certain de rien. Mais ce qui m'arrive actuellement me sert de réponse. C'est évidemment non ! Si le grand bricoleur du temps m'a transporté jusqu'ici ce n'est pas sans raison. Oraison était une première étape. Rennes certainement la seconde.

Je pousse un gros soupir et tourne la clef de contact. Le moteur tourne toujours aussi bien. C'est déjà ça ! Le quartier Jeanne d'Arc est facile à trouver. Garé aisément dans la rue il me faut une minute à peine pour me trouver au bas d'un immeuble. Une dizaine de sonnettes. J'ai le battant qui cogne mais ce n'est plus le moment de tergiverser. Je dois aller jusqu'au bout du bout. Quoiqu'il arrive ! Je me penche. Sur l'étiquette au-dessus de la sonnette mon nom est gravé en lettres blanches. Il n'y a pas de doute. J'habite bien ici. Je prends mon temps, regarde à droite et à gauche, comme un voleur, et je me dis que c'est puéril. Si je vis ici les gens du quartier doivent me connaître. Je sors mon trousseau de clefs. Mais c'est idiot. Ce trousseau ne fonctionne que dans l'autre dimension. Et je dois me rendre à l'évidence. Il ne me rester plus qu'à sonner en espérant que personne ne me réponde. Malheureusement la porte grésille et je n'ai plus qu'à grimper. Cette fois-ci l'appartement se situe au quatrième. Et il n'y a pas d'ascenseur.

Devant la porte il y a un paillasson et sur la porte un masque africain, en bois, y est suspendu. Je le reconnais immédiatement et soudain j'ai l'esprit qui vacille. Le mien est dans le grenier depuis des années. Un masque que j'avais acheté à dix-huit ans à Agadir. A un émigré qui vendait à la sauvette de l'artisanat de son pays. Ce masque était resté accroché des années au mur de ma chambre d'étudiant tout au long de mes études. Puis il avait été relégué dans le carton de l'oubli. Et voilà qu'il resurgissait. Ici, à Rennes. Sur cette porte.

J'avale ma salive, déglutit comme un malade et je m'oblige à sonner. Je redoute l'instant à venir. Mais force est de constater que mon coup discret de sonnette a déclenché du mouvement dans l'appartement. Puis quelques longues secondes encore, un bruit de pas étouffé, et la porte s'ouvre sur un homme qui me regarde le sourire aux lèvres. Cet homme c'est moi. Enfin mon sosie ou mon double. Mon frère monozygote. Cette autre partie de moi-même qui se balade en parallèle de ma vie.

- Je savais que tu viendrais ! J'en étais sûr. Entre mon ami…

- Ami ? réponds-je étonné du terme employé.

- Nous sommes la même personne mais en même temps nous sommes différents… Depuis notre dernière rencontre, il y a bien longtemps, je me suis souvent imaginé cet instant. Je me doutais que tu reviendrais. Nous avons le même corps mais l'esprit est différent. Mais pour autant nous ne sommes pas des jumeaux... Nous avons cependant des points communs intimes. Peut-être sommes-nous des clones fabriqués par dame nature. Qui sait ? Tout compte fait nous ne pouvons qu'être amis. Et puis c'est une façon de parler. Allez ! Entre donc ! Nous avons tant de choses à nous dire.

Ce n'est pas une rencontre mais un télescopage. Ce nouveau face-à-face était inéluctable. Je le savais. Je suis aspiré par une force invisible. Mais dire que je suis étonné c'est faux. Plutôt curieux. Oui ! Ce type qui me devance dans l'appartement n'est plus mon double. C'est un autre. Il a raison. Nous avons eu des trajectoires différentes. C'est la vie qui forge toujours l'être humain. Lorsque je me suis vu la première fois ce n'était pas la même chose. Rien ne s'était passé. Je n'avais pas bouleversé le rangement du temps. Ma jeune vie d'enfant d'alors et la mienne étaient encore superposables. Le calque était le même. Tandis qu'aujourd'hui ce n'est plus le cas.

L'appartement est bizarre. Sur la gauche il y a une cuisine avec le minimum vital. Un frigo, une cuisinière à gaz et une table avec deux chaises. J'ai eu à peine le temps de saisir ce détail mais cela m'a surpris. Le séjour n'en est pas un. Certes il y a un vieux canapé devant une table basse encombrée de revues mais c'est le bureau qui retient toute mon attention. Une table en bois rustique de trois mètres avec deux écrans d'ordinateur. Des dizaines de bouquins empilés les uns sur les autres en équilibre. Des bouteilles d'eau en plastique à moitié pleine. Il n'y a plus de mur mais des rayonnages à craquer. Beaucoup de livres sont reliés cuir. D'autres paraissent plus récents. Quelques statues égyptiennes servant de presse livre. Il n'y a pas de télévision mais une chaîne stéréo cachée qui diffuse du piano en sourdine. Sur le sol un tapis marocain et je dénombre plusieurs corbeilles pleine de papiers froissés. Il a vu mon regard perplexe et il me dit comme pour s'en excuser.

- Il y a des jours où l'inspiration me fait défaut.

- L'inspiration ? dis-je.

- Ah ! C'est vrai… Je suis écrivain. Grâce à toi. Mais assieds-toi. Tu veux prendre un verre ?

J'hésite. C'est tôt mais après tout, pourquoi pas. J'acquiesce du menton, appuyé d'un oui discret. Je suis mal à l'aise et attends qu'il prenne la parole. Quelque chose me dit que ce personnage a attendu ma visite depuis toujours. Attendu n'est peut-être pas le mot. Espéré plutôt. Et puis comment être serein sur ce qui va se passer dans ce déroulement absurde des événements ?

Il a versé dans deux verres du whisky qu'il tient dans une belle carafe en cristal. Je ne dis rien mais c'est un fait. J'aime ce breuvage et j'ai une carafe identique chez moi. Je l'ai achetée avec ma femme lors d'un voyage à Prague. C'est du cristal de Bohème. Comme pour le masque africain j'en déduis que nos deux vies sont séparées mais, de toute évidence, parfois elles se chevauchent. C'est à ne rien y comprendre. Et je renonce.

 C'est lui qui commence.

- En 1963 j'ai vieilli en quelques jours... Je t'en ai voulu et j'ai failli t'oublier. Quand on est gosse on a cette facilité d'éviter les tracas du quotidien. Cela s'appelle l'insouciance. Mais il y avait cette petite médaille en argent que j'ai cachée pour éviter que mes parents ne tombent dessus. Elle m'a servi de fétiche. Plus tard j'y ai fait graver dessus un prénom et une date. Pour ne pas l'oublier.

- Oui ! Je vois ce que tu veux dire. Mireille le 28 avril 1985.
- Bien sûr... ce que tu avais prédis s'est réalisé en partie. Mais j'ai compris surtout que notre rencontre pouvait aussi modifier certaines choses. Tu m'as ouvert l'esprit et dans la dimension qui est la mienne j'ai concrétisé ta propre ambition. J'ai mis à profit ta pénible expérience pour ne pas tomber dans les mêmes pièges. Je savais ce que je devais éviter pour ne pas redevenir toi. Notamment me défaire de ce père autoritaire que je devais affronter coûte que coûte pour m'en libérer le plus tôt.

Michel car c'est aussi son prénom, bien qu'il m'en coûte de l'avouer, a raison. Je réponds avec regret :
- Oui ! Mais quand moi j'ai osé le faire c'était trop tard. J'étais informaticien et j'avais plus de vingt-huit ans. Et...

Il me coupe et poursuit :
- Dès que j'ai obtenu mon bac, étudiant à Toulouse, je l'ai mis devant le fait accompli. Tu vas avoir du mal à me croire… Il a gueulé. Il m'a insulté. Mais j'ai tenu bon. Je lui ai dit que s'il ne me laissait pas m'inscrire à la fac du Mirail, en lettres, il ne me reverrait plus. Que je n'avais pas besoin de son argent. Que je travaillerais, que je me débrouillerais, mais que je ne lâcherais rien.
- Et alors ? répondis-je abasourdi.
- Il a fini par céder. C'était un sacré gueulard mais il m'aimait. J'ai passé ma thèse et je suis devenu prof à la fac. Tu ne peux pas imaginer combien il a été fier de moi… Tu m'avais dit que je ferai mes premiers poèmes à dix-huit ans. Là, notre rencontre a modifié le cours des événements. Je n'ai pas attendu pour griffonner des tas de phrases sur du papier. Le lendemain de ta disparition mystérieuse dans la 403 j'ai essayé de raconter cet épisode en vers. Depuis je n'ai jamais cessé d'écrire : poésie, nouvelles, romans… J'ai été publié à vingt-huit ans, l'année de ma thèse.
- Tu vis de ta plume ?
- Non ! Mais elle me procure une aisance financière. Après mes études j'ai eu un poste de maître de conférence stagiaire à la fac de Toulouse. Puis mon maître de thèse m'a pistonné pour une

place à la faculté de Rennes. Je n'ai pas hésité. D'autant que je venais de rompre avec Mireille. C'était en 1981…

- Tu as connu Mireille ? dis-je, épouvanté.

- Rassure-toi, mon ami ! Le 28 avril 1985 elle ne s'est pas tuée en voiture. Mais je t'avoue que la curiosité a été la plus forte. Quand j'étais à la fac de lettres je suis allé régulièrement poser mes fesses sur les bancs de l'université Paul Sabatier. Un jour elle est arrivée. Je suis tombé amoureux fou. Tu m'avais dis que je ne pourrais pas résister à son charme et tu as eu raison. Nous avons vécu jusqu'en 1981 ensemble. Elle voulait se marier. Elle voulait un enfant. J'ai refusé. J'avais la médaille du scorpion autour de mon cou avec la date de sa mort.

- Elle t'a demandé ce que cela voulait dire ?

- Oui très souvent elle revenait à la charge… Un soir, pour un anniversaire, un an avant notre séparation, je lui ai dit la vérité. Elle m'a pris pour un fou mais elle est restée silencieuse. Elle a dû penser que c'était une lubie d'écrivain. Ensuite elle ne m'en a plus jamais parlé. Le sujet est resté tabou. Quand nous nous sommes séparés je lui ai fait promettre de ne jamais prendre le volant le jour redouté. Elle a promis avec un drôle de regard. Un regard noyé de larmes car elle ne comprenait pas pourquoi je la quittais. J'ai eu beau lui dire que je ne l'aimais plus, que notre relation n'était plus fusionnelle, elle ne comprenait pas. Ce jour-là, mon ami, je t'ai maudit. En même temps je t'en suis reconnaissant.

- Pourquoi es-tu parti ? Tu pouvais rester avec elle et veiller au grain le jour dit.

- J'ai eu peur que cela ne se passe pas aussi bien. J'ai pensé que nos vies devaient être radicalement différentes pour qu'elle ait une chance d'échapper à son funeste destin.

- Et la date passée, pourquoi tu n'as pas renoué avec elle ? Elle a refait sa vie ?

- Je ne sais pas. La dernière fois que je lui ai parlée c'était la veille du 28 avril 1985. Je lui ai conjuré de ne pas monter en voiture. Je devais avoir une voix d'halluciné au téléphone et elle a vraiment eu peur. Elle m'a écouté et je l'ai rappelée le 29 au matin. Elle était vivante. Et comme j'ai laissé éclater ma joie elle m'a raccroché au nez.

- Et puis ?

- J'ai essayé de la rappeler un mois plus tard. Son téléphone avait changé. J'ai appris qu'elle avait déménagé. Depuis je n'ai plus eu de nouvelles. J'ai pensé faire des recherches mais une évidence peu à peu s'est imposée et m'a retenu d'aller dans ce sens.

- C'est quoi cette évidence ?

- C'est toi ! Ta venue… Je me doutais que tu réapparaîtrais. Je parie que la 403 est garée dans la rue ?

- Gagné ! Mais je subodore que tu sais pourquoi ?

Au moment où je prononce cette phrase je ressens, comme à chaque fois, que la boucle est en train de se boucler. Nous nous regardons droit dans nos yeux verts et nous savons à quoi nous en tenir.

Le premier à rompre ce soudain silence c'est encore lui.

- Oui je pense mais je voudrais que cela soit toi qui le formules.

Je suis coincé mais il a raison. En ce moment nos esprits se chevauchent parfaitement. L'osmose est parfaite. Nous pensons la même chose. Alors je me lance :

- J'ai essayé de repartir à Oraison mais la voiture ne veut plus m'ouvrir la porte sur l'année 1963. Par contre lors de mon voyage de retour entre le Maroc et la France il s'est passé quelque chose que je n'avais pas prévu. Je croyais rentrer chez moi et c'est vers chez toi que j'ai roulé. La 403 m'a fait passer, sans que je m'en rende compte, de ma dimension à la tienne. A quel moment je ne sais pas… Et je ne sais pas comment faire pour m'en retourner…

- Arrête ! Tu sais parfaitement que cela n'arrivera jamais. Si je ne m'abuse le seul maintenant que la Peugeot va accepter c'est moi. Je dois prendre ta place et tu dois prendre la mienne.

- C'est absurde

- Non ! C'est logique. C'est ça la finalité. Tu as sauvé Mireille. C'est une deuxième chance qui s'offre à toi.

- Pourquoi ?

- Je ne sais pas. Ce qui serait incompréhensible c'est que toi tu repartes sans avoir revu Mireille. Quant à moi, depuis le début, depuis mes dix ans, je n'ai fait que marcher dans tes pas. Grâce à toi j'ai pu éviter les pièges. Je me suis réalisé pleinement et je suis devenu un écrivain. J'ai même profité de la situation pour usurper ta place dans le lit de Mireille. Si j'avais voulu j'aurais pu ne jamais mettre les pieds dans cette fac de sciences et je ne l'aurais jamais connue. Il est donc normal, ou disons plus juste que je prenne ta place dans ton ancienne dimension.

- Mais je ne comprends pas ?

- C'est simple ! Tu vas tout m'apprendre de ton existence : ton boulot, tes amis, ton adresse etc. Je vais faire la même chose en ce qui me concerne. Puis quand nous serons prêts tu partiras à la recherche de ta femme , de ta chère Mireille. Accessoirement tu seras aussi un écrivain et tu donneras des cours à la fac.

- Mais j'en suis incapable. Je doute que tu en connaisses autant que moi en informatique.

- Tu as raison. En ce qui me concerne ce n'est pas un problème. Je démissionnerai de ton boulot. Cela m'étonnerait que mes romans qui ont eu beaucoup de succès ici ne soient pas édités chez toi. En outre cela me permettra d'éviter certaines erreurs et de choisir avec plus de discernement mes éditeurs.

- Bon admettons ! Mais moi…

- Toi tu as toujours rêvé d'écrire… Prendre ma place n'est pas si compliqué. Ta réputation d'écrivain est déjà faite. Ce serait bien le diable, si avec de la patience et du travail, tu n'arrivais pas à pondre quelques romans convenables, comme le disait Françoise Sagan. N'oublie pas que nous ne faisons qu'un et que tu possèdes certainement les mêmes qualités que moi. Sauf que tu n'as jamais eu l'occasion de les mettre en œuvre.

- Et enseigner ?

- Tu as tous mes cours… Tu n'as qu'à les étudier. Si tu veux tu as la possibilité de prendre un congé sans solde pour avoir le temps de te retourner. Dans l'éducation nationale c'est possible. Et mon compte en banque est bien fourni. Tu peux vivre dessus un sacré bout de temps.

 - Tu as pensé à tout !

- J'ai essayé.

- Par contre le mien est à sec et tu vas avoir du mal à t'en sortir.

- Ce n'est pas grave. Je partirai avec des liasses pour voir venir. Ne t'inquiètes pas pour moi !

Je ne sais plus quoi penser. Lui, il continue à parler car il est plein d'enthousiasme. Cet homme devant moi qui s'agite, qui se lève, qui marche dans la pièce, qui se rassoit, se relève, sans cesser de m'expliquer, d'élaborer son plan, c'est le type que j'avais toujours désiré devenir. Mais même si je prends sa place mon caractère ne changera pas. Je suis discret, quasi invisible, introverti et mon clone est tout le contraire. C'est l'expérience, c'est la vie qui façonne le caractère, qui contribue à construire l'organisation intérieure des êtres. J'avoue que je suis inquiet. Vais-je savoir reconquérir Mireille ? Ne vais-je pas tout foirer ? Je quitte une vie merdique pour une autre meilleure et cela me fait peur… C'est paradoxal mais c'est comme ça.

Soudain la fatigue me remonte par les jambes, s'empare de mon ventre, affaisse mes épaules, me scie la nuque et marque mes yeux. Il s'en aperçoit immédiatement et me montre la chambre d'amis. Je lui en suis reconnaissant et je ferme la porte. Ne plus entendre son verbiage déjà me repose. Je pose mon sac sur le petit meuble et m'allonge sur le lit sans ôter mes chaussures. J'ai un début de migraine mais je me refuse à sortir de la chambre pour lui réclamer de l'aspirine.

A ma montre il est dix-neuf heures. Je vais me reposer une heure à moins qu'il ne vienne me chercher avant… J'ai besoin de réfléchir mais je m'endors. Ce sont les coups discrets à la porte qui me réveillent. D'un bond je me lève comme pris en faute pour m'être ainsi laissé aller à dormir.
- Cela va mieux ? dit-il
- Heu oui… Je me suis reposé.
- La salle de bain est par là. Si tu veux prendre une douche je t'ai mis des serviettes propres.
- Non merci ! Cela ira. Quelle heure est-il ? dis-je en consultant ma montre.
- L'heure d'aller dîner. Comme je n'avais pas prévu ta visite je n'ai pas grand-chose… On va aller en ville plutôt ! Je connais

un restaurant où l'on pourra discuter tout en dégustant un bon plat de moules.

- C'est bon !

Je n'ai pas d'autre choix que celui de suivre. C'est vrai que j'ai faim maintenant. Je souhaite seulement qu'il ne me casse pas les oreilles durant le repas.

Ce que j'ai redouté est arrivé. Mon jumeau n'a pas cessé de parler. L'avantage c'est que j'en apprends beaucoup sur lui. Ou sur moi. C'est-à-dire sur cet homme que j'aurai pu devenir dans ma propre sphère si j'avais eu plus de cran devant mon père. En le dévisageant, en auscultant son visage à la loupe, je me dis que peut-être je ne suis pas si mal. Tout compte fait le mélange de nos deux vies, ce mixage futur d'existences, devrait donner un personnage plus acceptable. Je vais devenir un écrivain sage et policé. Lui, à mon avis, restera ce qu'il est, un type habillé de vanité. Mais c'est sans doute cela, me dis-je, le prix de la célébrité.

Le lendemain de cette mémorable journée nous avons élaboré notre plan de bataille. Il a sorti toutes ses photos et m'a raconté sa vie en détail. Sa vie professionnelle. Sur un cahier j'ai pris des notes. Lui, debout devant la fenêtre, comme un professeur qu'il est. Avec un discours docte, précis, alterné de silence afin de permettre à l'élève que je suis de suivre le fil de ses pensées, de tracer d'une écriture minuscule, illisible, des adresses, des noms, des dates, des lieux, des repères de toutes sortes pour ma future mystification. Bizarrement il ne me demande rien sur ma propre vie. Cela n'a pas l'air de le stresser. Prendre ma place, au pied levé, lui paraît une affaire aisée. Il est si conscient de sa force de caractère, de son adaptabilité, de son dynamisme, de son ouverture d'esprit, et de son esprit de synthèse, que rien ne lui paraît insurmontable. Au contraire ce défit le galvanise.

Le manège dure plusieurs jours. Je perds la notion du temps mais lorsque je m'extrais de cette léthargie cela fait une semaine que je l'écoute parler. Aujourd'hui, me paraît-il, la source est tarie. Tout seul dans l'appartement, car il est allé ce matin à la faculté, confortablement assis sur son canapé, une grande tasse de café à la main, je profite de ce calme inopiné. Huit jours que je l'écoute. Huit jours que je griffonne des notes. Huit jours que l'on mange au même restaurant en révisant la leçon du jour. Huit jours qui aurait pu n'être que deux ou trois à tout casser. Seulement Michel est écrivain. Cet écrivain que j'ai toujours désiré être dans mes rêves les plus secrets. Maintenant en le voyant je suis moins sûr de vouloir lui ressembler. Mais c'est trop tard. Les dès ont roulés sur le tapis de l'irrationnel et se sont immobilisés sur le double six d'un autre futur. Au cours de cette période j'ai traversé plusieurs de ses livres. Je suis resté sur ma faim. Pire je n'ai pas accroché. Ni sur le fond ni sur la forme. Il écrit comme il parle. Il en rajoute des caisses. C'est long et tortueux. Ces monologues ne sont pas des autoroutes, ni même des nationales mais plutôt des départementales, voire des chemins de campagne ou de vulgaires sentiers. J'ai eu un peu de mal à m'y retrouver. Mais pour ce qui est de le remplacer dans le quotidien je crois que j'y suis presque. Je vais pouvoir donner le change... En outre cela commence à m'amuser. Le mimétisme me transforme. Le Michel informaticien deviens le Michel écrivain. Mais lui reste bien campé dans son ego. Il ne cherche même pas à devenir moi. C'est évident mais je m'en fiche. Car je ne laisse rien derrière moi. Quand il sera là-bas il sera seul. Dès qu'il aura mis les pieds dans mon ex-dimension, il compte refaire sa vie à l'identique. Et il va réussir. Du moins en est-il persuadé. Il rencontrera Yasmine. Cette superbe jeune femme à laquelle je n'ai pas eu le temps de m'attacher. J'espère seulement qu'il ne va pas la faire souffrir. J'aurai pu éviter de lui en parler mais cela m'a échappé. C'est je crois une des rares fois où il a porté un intérêt quelconque à ma vie de minable. En fait si j'ai ainsi parlé d'elle c'était pour me valoriser. Pour lui signifier que j'étais capable de séduire une femme intelligente, belle et plus jeune. Que je n'étais pas ce pauvre type qui avait tout raté et qui avait eu le sort contre lui en perdant les êtres aimés. Que le malheur n'était pas ma vocation, que je possédais aussi la capacité de me relever, de recommencer.

Mais lorsque je dis que je me transforme, que je deviens lui ce n'est qu'une apparence. Il ne porte pas dans son cœur, dans son ventre, dans ses tripes et sa mémoire, la stupéfaction, l'horreur, la douleur de la mort. Le manque des êtres chéris. Ce double imbu de sa réussite a effleuré à peine Mireille. Il ne lui a pas offert un enfant. Ayant vécu avec elle, l'ayant aimée, écoutée, je ne peux pas croire que ce type de personnage ait pu lui plaire. Je ne sais plus si je dois employer le passé ou le présent à son sujet. Moi, par contre, si par chance je parviens à renouer avec elle, je ne pourrais jamais oublier le jour où la mort m'a frôlé en frappant si près. Ce souffle quand il vous gifle laisse une trace indélébile, vous rappelle que vous n'êtes rien, que la boite qui contient les disparus sera la même pour vous. Et que vais-je dire si je la rencontre ? Cependant, en y réfléchissant, je crois avoir une petite idée. Mais pour cela je dois convaincre mon double d'écrivain à faire une démarche qui risque de ne pas lui plaire. Mais qui sait ! Peut-être y trouvera-t-il une expérience profitable à son écriture ?

Je n'ai pas attendu pour lui révéler mon idée. Il a un peu tiqué mais il s'est rendu à mes raisons. C'est un homme qui se nourrit de l'expérience des autres, comme un vampire, pour écrire. J'ai compris cela en parcourant son œuvre si l'on peut appeler ainsi l'ensemble de ses bouquins. L'idée que je lui ai proposée lui a plu. Cet échange de vie, dans une autre dimension, est pour lui, une nouvelle expérience, pour écrire son futur roman. Il va sans dire que si je dois à mon tour relater cette histoire, le livre ne sera qu'un simple journal. C'est inutile d'en rajouter, la réalité dépassant de loin la fiction.

Contrairement à ce qu'il m'a dit lorsque nous nous sommes rencontrés, il n'a jamais perdu la trace de Mireille. Par contre il m'a affirmé qu'il n'a l'a pas revue et je le crois.
- Je savais, me dit-il, que tu reviendrais. Je devais donc préparer le terrain en quelque sorte.
- C'est-à-dire ?
- Quand elle a filé après notre séparation j'ai fait des recherches pour savoir où elle s'était réfugiée. J'avais vécu longtemps avec

elle pour connaître sa famille. Mais c'est une vieille amie de classe qui s'est chargée de la recueillir. Elle est restée deux ans environ chez elle en colocation. Son amie était mère célibataire et elle lui a servi un temps de nounou. Puis elle a trouvé un emploi de vendeuse chez un fleuriste.

- C'était où, demandé-je ?
- A Paris. Du coté de Boulogne…

Il s'arrête et me dévisage avec attention.
- Et alors ? Qu'est-ce qu'elle a fait depuis ? Tu peux me dire ?

Je ne sais pas par quel moyen il s'est débrouillé afin de ne point casser le fil d'Ariane qui le rattache à Mireille. A-t-il utilisé les services d'un détective ? S'est-il déplacé pour mieux la pister ? Connaît-il quelques instances supérieures dans l'administration ou peut-être même au sein de la police pour l'avoir renseigné ? Dans nos époques modernes les fichiers informatiques sont des boulets qui entravent nos libertés. Toujours est-il, ayant choisi le moment pour tirer un effet maximum, mon cabot d'écrivain m'a répondu, avec un sourire en triangle, que Mireille avait quitté Paris pour se marier.

Inutile de préciser que cette nouvelle me désarçonne un tant soit peu. Je ne m'attendais pas à ça. Dans mon esprit, propulsé contre mon gré dans cet imbroglio temporel, je m'étais imaginé naïvement que le grand et mystérieux ordonnateur de cette mise en scène avait placé correctement ses pièces sur son échiquier. Qu'il avait conservé en retrait sa pièce maîtresse, la reine, la belle Mireille, le temps que je déboule, moi le pauvre fou, dans le jeu pour la reconquérir.

Or, voilà que la reine avait été capturée ! Et mariée à un autre…
- Ils sont où ? demandé-je avec difficulté.
- Tu vas rire !
- Non je ne pense pas.
- A Tournefeuille…
- Dans la banlieue de Toulouse ?
- Exactement mon frère !

- Ah ! Ne m'appelle comme ça. Tu sais très bien que c'est faux. Cela serait plus simple si nous étions jumeaux.

Dire que je viens de cette ville et que je dois y retourner. Il a raison c'est d'un comique à pleurer. J'avais déjà remarqué que mes destins, quoique différents, se chevauchaient d'assez près. Mais pour l'heure, ils prennent des tournures surprenantes. Je me vois mal rester ici, me débattre dans les péripéties d'une vie qui ne sera jamais totalement la mienne, sans avoir une chance de récupérer l'amour de Mireille. La mauvaise image que mon double lui a offerte a suffi vraisemblablement à la dégoûter de ma personne. C'est donc presque mission impossible, pensé-je. Le moral au fond de mes chaussettes je réclame un verre.

- Cela change tout ! dis-je. Mon idée n'est plus valable. Le plus sage est de l'abandonner. A quoi bon ! Elle est mariée.

- Qui te dis qu'elle est heureuse ? Non il ne faut pas s'arrêter à cela ! Il existe forcément une raison à ton retour. Nous devons en explorer chaque piste. Ton idée est valable et encore plus dans ce cas. Je vais t'accompagner comme tu me l'as demandé. Nous lui expliquerons ensemble, preuve à l'appui, ce qui nous arrive. Elle aussi est impliquée dans ce déroulement obscur de la nature.

- Comment vois-tu la suite ?

- Nous allons partir le plus tôt possible.

- Comment ? En voiture ?

- La 403 c'est la clef. Nous avons besoin de sa présence. En ce qui me concerne si je dois faire le grand saut, elle nous servira aussi à convaincre Mireille si nos belles paroles et notre double présence ne lui suffisent pas. Je pourrais alors vous dire adieu, me mettre au volant, me concentrer comme tu me l'as expliqué et disparaître. En 1963 quand j'ai vu la voiture se dissoudre devant moi cela m'a fait un choc. J'étais un enfant mais il m'a été impossible de ne pas croire à cette dualité.

- Si tu le penses, ajouté-je sans grande conviction. Mais j'ai parcouru en boucle le Maroc, j'ai traversé l'Espagne, une bonne partie aussi de la France et je ne voudrais pas que la mécanique flanche. Déjà elle bouffe pas mal d'huile et elle commence à ramer quand j'accélère.

- Tu as raison. Mais il y a une autre possibilité. Nous allons prendre le train et la 403 aussi. Qu'en dis-tu ?
- Cela va coûter une fortune !
- Ne t'inquiètes pas ! J'ai du fric et c'est moi qui régale.

Sur ces paroles élégante, Michel bis, rejoins son bureau et me laisse avec mon verre vide. Je me coule sur le canapé, me sert un autre verre et branche la télé sur une chaîne d'infos manière de vérifier si les nouvelles sont aussi merdiques ici que chez moi. Il n'y a pas de doute. C'est la même chose. Quand il me rejoint dans le salon il arbore un large sourire.
- J'ai tout réservé par internet. Aujourd'hui, nous confierons la voiture à la SNCF qui va l'acheminer par rail jusqu'à Toulouse. J'ai l'adresse pour la récupérer. Et quant à nous j'ai pris des places pour demain soir à vingt-deux heures. Il n'y a plus de voitures-couchettes mais cela n'a pas d'importance. A la guerre comme à la guerre ! plaisante-t-il. Il n'y a plus qu'à faire nos valises.
- Mon sac est déjà prêt.
- Certes ! Mais pour moi je ne reviendrai plus ici. Je veux bien repartir dans ta dimension mais je dois emmener mes livres, des fringues et surtout pas mal de cash ! Je dois passer absolument à mon agence tout à l'heure.

 Là-dessus, Michel repart comme un bourdon frénétique dans son dressing. J'entends les portes des placards claquer. Ce gars est survolté. Je le laisse à son excitation et tend la main vers la bouteille pour un autre verre. J'ai renoué à Rennes avec l'alcool. Je suis à la limite de ma capacité d'absorption. Tant pis ! Je vais me bourrer la gueule. Je redoute d'être dans une impasse. Je ne vois pas d'un bon œil ce plan. Depuis le début de cette aventure je suis le cul sur une interminable et vertigineuse glissade. Rien ne semble pouvoir me stopper. Alors à quoi bon résister ! Les orientaux pensent que le destin est écrit à l'avance.
Je commence à le croire.

Je ne savais pas que tu avais un frère jumeau

La soirée s'étire maussade. Dès que j'en ai l'occasion je laisse mon hôte à ses préparatifs. Il a chargé le coffre de la 403 moitié livres et moitié fringues. C'est bizarre. Voilà un homme qui aime s'habiller ! Voilà un homme qui est pourtant fabriqué de la même chair, du même sang, et cependant radicalement opposé à ce que je suis. Je porte toujours les mêmes vieux vêtements et je me fiche de mon apparence physique. Je privilégie davantage l'immobilisme au mouvement. Lui, semble ne jamais s'arrêter. Quand cet homme ne parle pas... il bouge. Soit il range, nettoie, se pomponne comme une précieuse ridicule ou il se pend à son téléphone. C'est un hyperactif. Le contraire de moi. Par contre je me demande comment se passe ses séances d'écritures car je ne l'ai jamais vu ni taper une ligne ni cocher un mot dans un quelconque carnet. Rien que de le voir ainsi cela me fatigue. Il me tarde de ficher le camp de cet appartement. De repartir à Toulouse. De revoir ma chère Mireille même si je ne dois plus employer cet adjectif possessif en ce qui la concerne.

J'ai fait mes études supérieurs à l'université Paul Sabatier, nous avons prononcé le « oui » nuptial dans la salle des Illustres du Capitole, Mireille à mis au monde notre fils à la Grave, sur les bords de la Garonne, j'ai travaillé à Blagnac pour l'aérospatiale, l'accident a eu lieu sur la rocade du Mirail et c'est à l'hôpital de Rangueil que les existences de ma femme et de mon fils se sont brisées en mille éclats de mort. La solitude, la déchéance, puis la remontée, lente et douloureuse, vers le haut, vers le soleil, c'est toujours à Toulouse que je les ai vécues. La confrontation redoutée se fera donc sur un terrain qui est le mien. Cela me rassure un peu. Les dimensions sont parallèles, apparaît-il, mais elles se croisent. Il n'est donc point étonnant que Mireille soit revenue vivre en Haute-Garonne. Comprendra-t-elle, acceptera-t-elle, d'apprendre qu'elle vit dans une ville où elle est morte ? Y a-t-il d'autres dimensions parallèles, des dizaines, voire des centaines, à l'infini, où chacune de mes vies, de nos vies, de nos histoires, se répètent, inlassablement, similaires ou pas ?

C'est à devenir cinglé et je chasse cette idée dans les oubliettes de mon cerveau.

Le lendemain je me lève à la traîne avec un super mal au crâne. Lui est en pleine forme et je le laisse faire. Avec ce genre de type c'est inutile de rivaliser. Inutile aussi de tenter de prendre en charge quelque chose. A l'époque, quand ma mouture vivait avec Mireille, comment cela se passait-il au quotidien ? En ce qui me concerne je me souviens. Dans notre couple elle était assez à cheval sur le partage des tâches. C'était elle qui tenait la bourse. Nous avions aussi un compte joint et elle ne supportait pas d'être à découvert. Elle prenait souvent l'initiative dans l'organisation de la maison mais toujours en ayant au préalable discuté avec moi. Quand elle avait une idée, et si j'étais contre, elle la défendait, bec et ongles, jusqu'à ce que l'un de nous cède. On s'engueulait parfois et ensuite on faisait l'amour. Je n'ai pas osé le questionner à ce sujet mais, à le voir agir de la sorte, je me doute de la réponse. Il m'a affirmé que c'était lui qui l'avait quittée mais n'était-ce pas plutôt le contraire qui s'était passé ?

En fin de soirée, la voiture sur rail, l'appartement bouclé, les clefs dans ma poche puisque c'est moi qui suis sensé revenir vivre là, nous montons dans le train. En ce début de septembre, il y a du monde et heureusement que nos places sont réservées. Le voyage va être long avec une correspondance d'une heure à Bordeaux. Pour éviter de l'entendre déblatérer sur tout et sur rien je fais mine de somnoler la plupart du temps. J'avoue que je n'ai pas besoin de me forcer. Le front contre la vitre, je laisse le paysage imprégner mes pupilles. Je suis bercé par le rythme lancinant du train. Je vagabonde dans le passé et je me refais le cinéma de ma vie, en changeant régulièrement la fin tragique du premier scénario par une autre plus heureuse.

Il est tôt quand nous arrivons à la gare Matabiau.
Avec nos gueules renfrognés mais quand même satisfaits d'être arrivés, l'estomac dans les talons, nous faisons le point tout en prenant un petit-déjeuner au café de la gare. Comme d'habitude

et pourquoi me battre, je le laisse organiser le plan de bataille. L'hôtel est réservé. Pour plus de commodité il a choisi un petit deux étoiles du côté du champ de courses de la Cépière. C'est relativement proche de Tournefeuille et il y a un garage pour la voiture. Je ne pense pas que cela soit par radinerie mais qui sait ! De toute façon, là ou ailleurs, je m'en fiche.

Je n'ai qu'une hâte, prendre une douche et tenter une première approche du lieu où vivent Mireille et son imposteur de mari. Nous récupérons la 403 et, en fin de matinée, nous stoppons devant l'hôtel en question.

D'un commun accord dès que nous avons déposés nos sacs dans nos chambres respectives, nous filons en reconnaissance.

La maison fait partie d'un grand lotissement. Au vu des haies, des arbres, des massifs, que les occupants ont plantés, cela fait déjà pas mal d'années que ce quartier est sorti du champ de colza qui devait se trouver là autrefois. Les rues sont étroites avec un petit trottoir. L'esprit français a élevé partout des murs de deux mètres et octroie au lieu un effet étouffant. L'on devine derrière ces séparations des piscines, cette envie récurrente de bonheur de ceux qui possèdent un bout de terre. Il y a aussi des cabanes préfabriquées, des meubles d'extérieur, des pelouses, des potagers en carrés, tout le décorum des jardins qui font le quotidien simple de ceux qui ont la chance d'habiter dans une maison et non une cage à poules. La mairie a donné aux rues des noms de rivière et celle que nous cherchons, curieusement, se nomme la Durance. Encore une coïncidence bizarre, me dis-je, tandis que j'oblique à droite, sèchement, ayant vu au dernier moment le panneau indicateur de la rue, collé sur un mur, à moitié caché par un lierre retombant.

La maison est là. Étonnamment elle est la seule dans le coin à ne pas avoir édifié un mur. Il y a juste un parterre de pelouse avec quelques fleurs. La bâtisse est de plain-pied. Sur la gauche il y a un garage. La façade compte une porte-fenêtre et sur le côté une porte d'entrée sous un petit auvent. Elle est bleue et brille d'un éclat laqué sous le soleil qui est à son zénith. La rue est déserte et je gare la 403 un peu plus loin. Je coupe le contact et nous observons la maison sans oser descendre de voiture. Je baisse la fenêtre et je respire l'air ambiant. Il est chaud. Presque lourd. Ou bien est-ce moi qui suis oppressé ? Je redoute ce qui risque d'arriver. Un rideau de la maison opposée, celle devant laquelle nous nous sommes mis, a bougé imperceptiblement et j'ai pu apercevoir, l'espace d'un instant, le visage d'une jeune femme. Notre arrivée n'est pas passée inaperçue.

- Et maintenant que fait-on ? demandé-je à mon compagnon.
- On va attendre un peu. Voir si ça bouge ! A priori il n'y a pas de voiture devant. Peut-être dans le garage. Mais j'en doute. A cette heure-ci le mari doit être au boulot.
- Et Mireille est-ce qu'elle travaille ?
- D'après mes renseignements non ?
- Et ont-ils un enfant ?
- Non ! je le saurais…
- Quelle heure est-il ?
- Midi dix…
- Regarde il y a des gamins qui s'amènent.
- C'est normal c'est la sortie des classes. Il y a un collège à côté.
- Attendons de voir. Le mari risque de se pointer pour manger. Il vaudrait mieux revenir cet après-midi, attendre qu'il reparte bosser. Qu'en dis-tu ?
- Tu as raison…

Je suis sur le point de redémarrer lorsqu'une une Audi bleue stoppe devant la maison. Un type en sort. Grand, rasé, mince, le style cadre de l'armée ou des douanes. Il a un journal à la main et une baguette de pain. C'est bien le mari et il rentre chez lui pour manger. Mais s'extrait alors péniblement de la voiture une sorte d'escogriffe filiforme. Il est vêtu d'un survêtement blanc avec l'entrejambe au niveau des genoux. Un skate sous le bras, un bonnet de laine sur la tête malgré le soleil et un sac à dos noir, avec une tête de dragon, jeté en travers des épaules. Un adolescent dans toute sa splendeur. A peine ont-ils eu le temps d'atteindre le seuil que la porte d'entrée s'ouvre sur une femme vêtue d'une jupe courte et d'un chemisier rouge. Nous sommes

pétrifiés. Cette femme c'est Mireille. On se regarde du même œil. On ne cherche pas à savoir. Cela nous dépasse.
- Tu m'as bien dis qu'ils n'avaient pas de gosse ?
- Oui ! Ils sont mariés depuis deux ans à peine.
- Ce gamin à quinze, seize ans. Je me trompe ?
- C'est vraisemblablement le fils du mari, d'un premier mariage Aujourd'hui toutes les familles sont recomposées. Qui sait !
- Ouais ! Cela doit être ça.

Nous n'avons plus rien à faire ici pour l'instant. Je tourne la clef de contact et nous nous en allons.
Nous revenons vers quinze heures. Nous voulons être certains de trouver Mireille seule, en espérant toutefois qu'elle ne soit pas sortie faire des courses. La voiture n'est plus là. Les rideaux sont tirés mais nous distinguons de temps à autre une silhouette qui passe devant telle une ombre fantomatique. Nous restons là, silencieux, assis sur nos sièges, perdus dans nos pensées. Nous retardons inconsciemment la confrontation.
C'est moi contre toute attente qui lance l'offensive.
- Allons-y ! Ce n'est plus la peine de tergiverser. Quand faut y aller... faut y aller ! dis-je en soupirant.

En cet instant précis je ne suis plus certain de rien. Bien sûr j'ai évité qu'elle ne meure dans cette dimension. Mais la Mireille que je vais retrouver n'est plus la femme que j'ai épousée. La distorsion du temps, son infinité, fait probablement qu'il existe d'autres Mireille, avec d'autres maris, tous différents.

Nous sommes devant la porte et il est entendu que c'est lui qui prendra l'initiative de la parole. La sonnette retentit. Des pas... La porte pivote lentement sur ses gongs. Mireille est devant nous. Je remarque immédiatement qu'elle s'est changée. Elle est en pantalon noir et porte un polo orange, griffé Lacoste. En sourdine la télé ou la radio. Ses magnifiques yeux s'écarquillent de surprise.
- Ah bien ça alors ! dit-elle, en reculant de trois pas.
- Euh ! Oui c'est moi…
- Ou plutôt nous, ne puis-je m'empêcher de rajouter.

Son regard va et vient sur nos visages. Sans se fixer sur un plus que sur un autre. Elle est stupéfaite et répète :
- Ben ça alors ! Mais entre… euh entrez. Ne restez pas là.

Voilà nous sommes dans la place. Un grand séjour carrelé de blanc. Sur le fond, une grande cheminée accrochée au mur sur une tapisserie noire et brillante. A droite un aquarium qui sépare en deux la pièce. Au milieu deux immenses canapés devant une table de verre, de forme triangulaire. C'est dénudé. Sans objets à la traîne. Une porte entrouverte laisse deviner une cuisine fonctionnelle moderne, rangée, impeccable. La maison sent le propre. C'est une Mireille femme d'intérieur qui nous reçoit. Tout le contraire de la mienne qui était plutôt une artiste dans son genre. Plus humaine. Celle-ci me paraît plus froide, plus distante. Mais je dois me méfier. Ce face-à-face, dans ce décor froid, déclenche une émotion que je ne maîtrise pas. Il va me falloir du recul.
- Je ne savais pas que tu avais un frère jumeau ?

Voilà ! Nous y sommes. Que peut-elle penser d'autre ?
- Mireille ! commence-t-il.

Elle s'est assise et nous a convié d'un geste à faire de même. Lui s'est positionné d'emblée à côté d'elle. Assez près. Moi je me suis installé sur l'autre canapé, de l'autre côté. De la sorte je détaille mieux ce couple, si bizarre, si étrange à mes yeux. Elle a compris immédiatement que son ex c'était lui. Lui qui parle, qui a pris d'autorité la place à côté d'elle. Il continue :
- Ce n'est pas mon frère. Ni mon sosie. C'est autre chose.

Je tique sur le « autre chose ». Mais je comprends que l'affaire est difficile à mener. J'écoute donc la suite. De temps en autre, sous ses grands cils, ses yeux lancent de longs regards appuyés et étonnés sur nos visages graves. Notre venue l'a tellement déstabilisée qu'elle en a oublié de demander le motif de cette visite après ces années. Elle attend que Michel veuille continuer son explication. Elle paraît si abasourdie que je me demande si elle entend le sens de ce qu'il lui dit.

Et puis il se jette à l'eau. Il commence par le début. Par cette journée de 1963.

Mireille l'écoute de bout en bout. Je vois très vite qu'elle perd pied. Parfois elle accroche mon regard comme pour y trouver un déni. Mais elle n'y trouve que de l'approbation.

- Ce n'est pas possible ! Je ne vous crois pas…

- Tu te souviens pourtant de cette date. Je t'ai téléphoné pour te supplier de ne pas prendre ta voiture.

- Oui ! Mais tu étais dingue. D'ailleurs je t'ai dit oui pour que tu te taises. Mais j'ai quand même conduit ce jour-là. Tu vois ! Vous voyez ! Tout cela ne veut rien dire... Qu'est ce que vous cherchez ?

Le ton est monté soudainement. Hystérique... J'ai cru soudain qu'elle allait piquer une crise de nerfs. Mais il l'a attrapée par le poignet et il l'a serrée fortement avec suffisamment d'autorité pour réussir à la calmer.

Nous lui avons montré nos pièces d'identité mais cela n'est pas évident. C'est la voiture, la 403, qui doit la convaincre. C'est le dernier recours, celui auquel nous ne pouvons pas échapper. Par contre ce moment-là signifiera la fin de notre rencontre. Ma rencontre avec moi-même. Cet autre Michel. Malgré toutes nos différences il existe un lien très fort entre nous et le briser ne sera pas facile. C'est pour ça qu'il lui demande la permission de revenir le lendemain pour cette ultime démonstration. Afin de nous laisser un peu plus de temps. Pour nous dire au revoir. Ou plutôt adieu.

- Mais pourquoi voulez-vous absolument me prouver que votre histoire est réelle. Si je vous dis oui maintenant est-ce que vous allez me ficher la paix et déguerpir ? Michel je ne t'aime plus ! Que cela soit bien clair. J'ai refais ma vie avec un gentil gars et j'espérais ne plus jamais te revoir. Tu croyais quoi en revenant avec ton frère ? M'amadouer en sortant de ton sac ton jumeau. Tu n'es pas dans un de tes romans débiles. Je me suis toujours demandé quelles étaient les connes qui pouvaient bien acheter tes bouquins ?

- Demain tu es d'accord ?

- Pour me débarrasser de vous oui ! J'ai l'impression que je n'ai pas le choix.

Elle est furieuse mais j'ai une question à poser avant :

- C'est votre fils que nous avons aperçu tout à l'heure ?

En disant cela j'appuie mon regard d'une éclat suspicieux.

Elle se trouble, décontenancée par la question. Et ce n'est pas un hasard si je dis ça. Avant qu'elle ne me réponde je me suis levé et je me suis rapproché d'un guéridon sur lequel sont posés des cadres avec des photographies. J'en étais sûr. Je m'empare d'une photo en couleur prise par un professionnel. C'est son fils mais il est plus jeune, onze, douze ans.

Ce pur produit de la jeunesse actuelle que nous avons aperçu de dos c'est mon fils s'il avait vécu... J'ai du mal mais je ravale mon chagrin. C'est bien lui. Trait pour trait. Les mêmes yeux, le même arrondi du visage, sa légère couperose, sa tignasse avec son épi rebelle et cet air taquin au coin de la bouche. C'est mon fils. A vrai dire, dans cette dimension, c'est le fils de mon double. Je me retourne et j'enfonce le clou car elle est muette, assommée par ma question, assommée d'être découverte. Pour une raison que j'ignore elle a caché à Michel sa paternité.

- Alors le père ?

- C'est mon mari…

Je secoue la tête et je reviens vers le canapé où elle est toujours assise, incapable de se relever.

- Laisse-moi la place, dis-je, j'ai quelque chose à lui montrer.

J'ai extrait de ma poche revolver mon portefeuille. Je l'ouvre et je lui montre une photographie. Pourquoi n'y avais-je pas pensé avant ? Sur la photo il y a ma femme. Et mon fils à peu près au même âge. Quelques mois avant leurs disparitions. Il ne peut y avoir aucune ambiguïté. Enfin elle parvient à me dire :

- Comment avez-vous ces photos de moi et de mon fils ?

- Ce n'est pas vous là-dessus ! Regardez mieux. Cette photo est prise devant une maison, une très luxueuse villa, que vous ne devez pas connaître. Regardez bien ! Ce n'est pas vous. C'est ma femme et mon fils. Dans une autre dimension temporelle. Ce que mon double, c'est-à-dire votre ex conjoint, c'est-à-dire le père de votre fils, essaye vainement de vous expliquer. Demain vous verrez la voiture se dématérialiser sous vos yeux. Voilà où nous en sommes. Et j'avoue que je ne comprends rien à ce qui nous arrive à tous. Mais c'est comme ça !

Mireille maintenant ne regarde plus que moi. Son beau visage a changé totalement de physionomie. Au fond de son regard il y a un abîme d'incompréhension où je lis de la peur. Je suis obligé de poursuivre.

- Vous voyez dans mon ancienne vie, je me suis marié avec une jeune femme identique à vous-même. Nous nous sommes aimés avec passion et nous avons eu ce fils. C'est pour ça que je sais qu'il est de mon double et non de votre mari. Ils se sont tués le 25 juillet 1985 sur la rocade et c'est pour vous éviter à vous-même de subir le même sort que j'ai été propulsé dans votre dimension. D'abord en 1963 pour rencontrer celui-ci enfant et le prévenir de ce qui allait arriver et aujourd'hui pour prendre sa place et tenter de vous reconquérir.

- Me reconquérir ?

- C'est ce que je croyais jusqu'à ce que nous découvrions que vous aviez refait votre vie et surtout jusqu'à ce que je constate qu'il y a une énorme différence de fonctionnement et surtout de mentalité entre ce que, moi, je suis réellement et mon double ici présent.

- Vous voulez me dire que dans votre… comment vous appelez cela… votre dimension je vous ai aimé, si je comprends bien, avec passion.

- Et oui ! Cela peut paraître bizarre mais c'est la stricte vérité. A ma décharge je dois préciser que je ne suis pas écrivain mais ingénieur en informatique, que je n'ai nullement son caractère imbu de lui-même, ni ses manies, bref je n'ai rien de lui si ce n'est la même enveloppe charnelle et vraisemblablement le même ADN.

- Dis que je suis un con ! se décide enfin à répondre Michel bis.

- Ne te vexe pas ! Je n'ai pas voulu dire ça. Mais tu ne peux pas nier que nous sommes profondément différents.

Puis m'adressant à Mireille :

- Honnêtement, dites-moi, lequel de vous deux a quitté l'autre ?

- C'est moi, c'est moi... répond-elle, vivement. Je n'en pouvais plus... Comment dire, il m'étouffait. Je devais obtenir son aval pour le moindre achat, pour la moindre décision. Mon rôle était de lui faire la cuisine, ranger sa maison et lui faire sa lessive. Je n'ai pas fait d'études, je n'ai jamais passé le baccalauréat et cela lui échappait devant ses amis. Il a toujours pris un malin plaisir à me rabaisser, à balancer sans cesse des piques à mon sujet. Quand je le lui reprochais il me répondait en se moquant que je n'avais pas assez d'humour Je sais bien que ce n'était pas méchant de sa part. Il est comme ça ! Il n'y a rien à faire... C'est sa nature profonde. Son orgueil, celui-là même qui lui a fait réussir dans la littérature, qui le pousse à se mettre ainsi en avant pour s'extraire au-dessus des autres. Quand j'ai compris cela j'ai décidé de partir. Je me suis enfuie un beau matin en ne sachant pas que j'étais enceinte. Plus tard, j'ai tardé à le lui dire, puis je me suis convaincue que c'était mieux. Qu'il avait sa vie et que plus tard, quand mon fils me le demanderait, je serai toujours à temps de le prévenir.

- Bravo ! Belle mentalité de merde, explose Michel bis qui s'est retenu tout au long de cette confidence.

- Votre fils, en a-t-il fait la demande ? dis-je

- Oui ! répond-elle. L'année qui a précédé ma rencontre avec mon mari. Je lui ai révélé la vérité.

S'adressant ensuite à Michel, elle continue :

- Il est allé acheter un de tes bouquins à la FNAC. Il est revenu et il s'est enfermé dans sa chambre pour le lire. A l'époque nous avions un appartement aux Minimes. Le lendemain alors qu'il était à l'école j'ai trouvé ton livre dans la corbeille. Il l'avait jeté après l'avoir lu. Il manquait la page de couverture où il y

151

avait ta photo. Je présume qu'il la rangée. Je m'attendais à ce qu'il me pose des questions à ton sujet mais il ne l'a jamais fait. Et je n'ai jamais osé aborder le sujet avec lui. Ensuite je me suis mariée. Nous avons acheté la maison et Patrick est devenu cet adolescent tranquille que vous avez aperçu. Il est renfermé mais il s'entend très bien avec mon mari. Je pense qu'il a remis à plus tard le problème de ce père qu'il ne connaît qu'à travers des articles de journaux, ou des passages à la télévision. A ma connaissance il n'a pas acheté d'autres livres de ta production. Et pourtant c'est un gosse qui lit beaucoup. Il est même brillant en classe.

Je vois dans le regard de Michel que l'attitude de ce fils qui ne s'est pas précipité chez lui, écorne son orgueil démesuré. Il ne lui en faut pas davantage pour s'en prendre à Mireille. J'essaye de le calmer mais en vain. Il est trop remonté après elle pour m'écouter. Je me lève et je vais faire un tour dans le jardin, les laissant s'engueuler copieusement.

Comme à l'intérieur de la maison l'ordre règne dans le jardin. Les massifs sont alignées, au garde-à-vous. Rien ne dépasse. L'herbe est tondue comme le crâne du mari. Tout est au carré. Et il y a la piscine avec son carrelage outremer. En forme de haricot avec un jacuzzi. De l'autre côté, un abri, une cuisine d'été avec une table en teck naturel et des chaises autour. Je m'approche de l'eau. Un robot et son tuyau évoluent sur le fond dans des circonvolutions élégantes. Dans le fond il y a une haie réglementairement taillée, et qui sépare du voisin. Sur le côté une cabane à outils, neuve, avec un toit de briques, sorti tout droit de chez Castorama. Sur un étendoir flotte la dernière lessive. Des oiseaux piaillent, bousculent les feuilles, dans le seul arbre du jardin. Un vieux prunier qui devait être là avant la maison et dont les branches, percluses de vieillesses, rasent le sol.

Je fais le tour de la piscine pour m'éloigner des éclats de voix qui me parviennent encore. Je m'accapare d'une chaise et je me pose sous le prunier. De gros nuages blancs passent là-haut, bien au-dessus de nous, poussés par une brise légère. Au loin il y un point lumineux. Puis deux autres avec des traces blanches. Toulouse est un haut lieu de l'aviation. Un avion toutes les trois minutes. Et je me souviens d'une époque où je travaillais à Blagnac. D'une idée à une autre je me revois avec ma Mireille et je me demande ce que je fous là ? Cette femme, hormis son corps, sa beauté naturelle, pourrait-elle me séduire comme je l'ai été ? Je n'en sais rien et j'arrive à douter de ce que je dois faire maintenant. Je suis coincé car l'autre n'a qu'une seule idée en tête : grimper dans cette fichue Peugeot et me piquer ma place. Je ne sais que faire. Et si nous repartions tous les deux ? Pourquoi pas ? Mais que ferions-nous ensemble avec une seule identité ? Je serais dans l'obligation de me le coltiner pendant des années ? Cette perspective assez folle me fait abandonner l'idée. Après le drame je me suis retrouvé tout seul dans l'autre dimension. Alors à quoi bon maintenant m'en retourner ! Et qui sait, comme dit Michel, Mireille n'est peut être pas si heureuse que ça ?

L'orage verbal a semble-t-il cessé. Michel est dehors. Debout devant la piscine il regarde dans ma direction. Je sors de ma cachette et je le rejoins.
- C'est bon ? dis-je, laconique.
- Elle s'est calmée !
- Et toi ?
- Oh oui ! Moi ça va. Quand je pense que j'ai un gosse. Mais cela ne change rien. Je me tire d'ici ! Et aujourd'hui même…
- Tu es sûr de toi… Ce n'est pas rien un môme…
- Écoute-moi ! Tu es là non ? Même si tu ne récupères pas cette fichue idiote tu as ce fils. C'est le même non ? Alors de quoi tu te plains ?
- Mais je ne me plains pas, dis-je, sentant l'énervement à mon tour me gagner. Mais ce n'est pas si simple…
- Si c'est simple ! me coupe-t-il. Nos destins doivent se croiser. Nous sommes rendus à leur intersection… Il n'y a rien d'autre à faire, ni à se poser des questions inutiles.
- Tu es bien sûr de toi ?
- Oui certain !

Nous rentrons dans le séjour. Mireille est dans sa cuisine. Elle fait semblant d'être affairée.

Michel hésite puis se décide :

- Je me suis emporté. Je le reconnais mais n'importe qui aurait agi pareil.

- Non ! Toi uniquement. Pas forcément un autre...

- Bon admettons ! tente-t-il de conclure pour passer à la suite. Nous devions venir. C'était écrit... Maintenant je vais partir et certainement je ne reviendrais jamais plus. Ce que je veux que tu comprennes c'est que je vais quitter cette dimension.

- Bon débarras ! souffle-t-elle encore dans une réminiscence de sa colère.

Faisant fi de n'avoir pas entendu il continue.

- Je vais prendre sa place et lui la mienne. Pour le petit cela ne fera aucune différence. Au contraire, lui, dit-il, en me pointant du menton, sera un meilleur père. Il a l'expérience… Et comme il paraît qu'il est aussi plus sympathique que moi je pense que tu y gagneras au change. Tu peux même retomber amoureuse. Prends-le comme amant ? termine-t-il en guise de plaisanterie.

- Goujat ! jette-t-elle, prise de court devant une telle réflexion.

- Ce n'est pas malin, je rajoute.

- Allez restez cool …. D'accord je suis lourd mais ce n'est pas la peine d'en faire un fromage.

Soudain, je recule de quelques pas, pivote sur mes talons et je les laisse à leur nouvelle prise de bec.

J'ai un étourdissement. J'ai l'impression que ma conscience est sur le point de s'échapper de son enveloppe de chair, de sang et d'os. Je m'étouffe et préfère sortir. La voiture est toujours là, garée un peu plus loin. J'ai une pensée idiote. Comment vais-je rentrer à l'hôtel quand la voiture aura disparu ? A pied, en taxi, ou peut-être Mireille pourrait-elle me raccompagner à l'hôtel ? Résolu à ne pas revenir à l'intérieur, je prends donc mon mal en patience. L'air de la rue, malgré la chaleur de la journée, m'a rendu un semblant d'équilibre. Je fais les cent pas puis, un quart d'heure plus tard, Michel me rejoint.

-Alors ? Qu'est-ce, qu'on fait maintenant ? dis-je
- Elle arrive… Elle est très énervée mais elle arrive. Crois-moi, ce qu'elle va voir... cela va la calmer. Elle te mangera dans la main.

Je n'en suis pas sûr. Je préfère m'abstenir de répondre. Cinq minutes plus tard Mireille nous rejoint dehors. Elle a enfilé une veste en coton de couleur carmin et elle a troqué ses tennis pour une paire d'escarpins assortis à sa tenue. Elle a aussi son sac à main en bandoulière. D'un geste décidé elle ferme la porte à clef. Elle est sortie mais à priori son intention est de s'en aller de chez elle. Et pas d'assister au spectacle de magie que Michel lui a sans doute promis.

Elle est un peu moqueuse

Nous l'attendons devant le capot de la 403. Mireille est encore devant sa maison. Une distance de cinquante mètres environ nous sépare. Silhouette élégante, elle nous observe fixement en bougeant lentement la tête de gauche à droite. Elle hésite puis elle se dirige vers l'arrêt de bus. Je commence à en avoir marre et je prends les devants. Je cours après elle et lui dis :

- Soyez aimable ! Faites ce qu'il veut. Cela ne sera pas long. Si ce qu'il dit est vrai, vous ne le verrez plus… Si rien ne se passe, croyez-moi, je ferais en sorte qu'il ne vienne plus vous embêter.
- Vous vous méprenez… Je commence à croire à votre histoire. Si j'hésite, comme une idiote, c'est que tout cela m'angoisse. Je comprends une chose : c'est que je suis la clef de cette histoire. Tout tourne autour de moi. De cette date terrible, de ma mort dans votre vie à vous. De mon existence aussi, de la sienne, et de vous maintenant… vous qui allez rester ici, sans lui je veux dire… Et mon fils, dans cette toile folle, romanesque, que va-t-il devenir ? Je ne sais plus. Franchement je ne sais plus ! ajoute-t-elle.

Je n'ai aucune réponse pour la rassurer. Je suis si près d'elle que l'odeur de son parfum me surprend et je subis malgré moi son envoûtement. Un souvenir qui me revient avec force, sonné par le poids du passé douloureux. C'est le même parfum. C'est troublant, dangereusement troublant. Ce parfum suave, lourd, sensuel, ce Chanel dont elle se paraît quand elle sortait en ma compagnie. Encore un croisement de ces chemins parallèles qui ne vont point tarder à me rendre fou. D'autant qu'elle rajoute en posant sa main fraîche sur mon avant-bras :

- Vous semblez si différent de votre frère… Je veux dire de vous…votre…

Elle ne sait pas comment me qualifier. Je me porte cependant à son secours.
- Mon double ! Je ne vois pas d'autres mots. Mais vous avez raison. Je suis réellement différent.
- Et moi ? dit-elle.

- Comment vous ?

- Oui ! continue-t-elle. Suis-je différente de celle que vous avez aimée dans votre dimension ?

- Oui, bien sûr… Mais pas vraiment non plus. En tous les cas c'est moins évident qu'entre moi et Michel. Je n'arrive pas à me reconnaître dans cet homme. Il est égocentrique au possible. Je commence à me faire une idée de ce qui se passe. Nous portons en nous tous les défauts humains, tous les pêchés diraient les religieux. Et dans chacune de nos vies, dans ces espaces temps, dans cette distorsion à l'infini, les clones sont physiquement semblables mais tous avec des qualités et des défauts qui sont propres aux vies qu'ils mènent.

Nous nous regardons une seconde de trop. Et je me dis que rien n'est perdu. Mais l'écrivain nous rappelle à l'ordre et rompt le charme.

- Alors qu'est-ce que vous fichez tous les deux ?

Il s'est hissé sur le capot de la voiture. Assis, devant le phare gauche, les pieds posés sur le pare-choc en chrome. Sa face s'est élargie sous un sourire tendu. Il fait le fier mais je le soupçonne de ressentir une appréhension au moment de faire le grand saut. Lentement, nous nous approchons comme si nous faisions corps contre lui. Dès que nous sommes à sa hauteur, il saute prestement sur la route en faisant couiner au passage les amortisseurs.

- C'est le moment de se dire adieu, fanfaronne-t-il.

Nous nous taisons. Pour combler ce silence pesant, il renchérit s'adressant à Mireille :

- Tu vas voir ce que tu vas voir ! Et ouvre bien tes mirettes. Quand la voiture va s'effacer, c'est extraordinaire.

- Si tu le dis ! Alors adieu, ajoute-t-elle, en lui adressant un bref signe de la main.

Nous reculons d'un même élan de quelques pas comme si la zone devenait dangereuse. Nous le voyons s'asseoir au volant. La main de Mireille s'accroche pour la seconde fois sur mon avant-bras. Une bouffée d'adrénaline m'envahit et je suis tout près de croire que je touche enfin au but. A cet instant suprême, je prends conscience brusquement que je suis au côté de mon épouse, morte il y a des années. Cette situation est ubuesque et je me dis que ceci est un rêve, rien n'est réel. Je vais sans doute me réveiller, dans mon plumard, les draps ravagés par une mauvaise nuit.

Il claque violemment la portière, agrippe le volant et nous le regardons fermer les yeux et se concentrer, comme je lui ai dit de le faire.

Nous patientons deux bonnes minutes et la crispation des doigts sur mon bras se relâche peu à peu. Nous attendons encore une minute mais rien ne se passe. Alors, je comprends aussitôt qu'il est inutile d'insister. Ce n'est pas à lui de partir. Ce n'est pas le bon jour . Je constate que Michel s'énerve, son corps bouge sur le siège. Il a ouvert les paumes de ses mains et maintenant il les fixe intensément comme si elles détenaient la réponse de cet échec. Mireille m'a lâché. C'est elle ensuite qui s'approche, se penche et qui cogne de son index replié à la vitre de la voiture. Michel se tourne vers elle. Il met un moment à réaliser puis, comme à regret, il ouvre la portière.

Sur le coup elle est un peu moqueuse.

- Alors qu'est-ce que tu attends pour disparaître ?

Il est livide. Il ne sait que répondre. Je me suis approché à mon tour et me suis appuyé contre le pare-brise. Le soleil vient de se camoufler derrière un matelas de nuages. Un vent léger souffle et nous caresse le visage. Il fait anormalement bon tout à coup. Mais Michel transpire abondamment. Il est au plus mal. Pris de court. Son plan vient de s'écrouler. Ce qui lui fait mal, vraiment mal, c'est que nous assistions aussi à son erreur de jugement, à sa défaite. Le décideur, l'écrivain, celui qui a toujours raison vient de se planter lamentablement. Il est clair que son orgueil a du mal à surmonter l'épreuve.

C'est un silence d'incompréhension qui s'est enroulé autour de nous. Michel est resté assis dans l'habitacle ; les mains autour du volant ; elles représentent la dernière extrémité de sa volonté à s'en aller. Cette expérience qu'il désirait ardemment réaliser ne se fera point. Il me regarde enfin et me dit aux confins du sanglot, avec une voix d'amertume :

- Pourtant c'était évident, mais ça ne marche pas.

- On s'est fait des idées, réponds-je. Il n'y a pas de logique dans ce méli-mélo. C'est tout bonnement un dérèglement du temps auquel nous sommes confrontés, avec des forces vives qui nous échappent. Et là-dedans nous sommes comme des bouts de bois dans un torrent qui dégringole la pente. On se cogne à tous les obstacles.

Mireille a écouté. Sa moue dubitative révèle chez elle un restant de perplexité. La disparition de la 403, contre toute attente, n'a pas eu lieu. Nous sommes comme des gamins pris en flagrant délit de connerie. Nous restons muets comme des carpes, en attendant ses reproches.

- Allez les gars ! Ce n'est pas si grave. Je vous crois toujours. Mais avouez cependant que la situation est bizarre.

Puis sans nous laisser le temps de lui répondre, elle regarde sa montre :

- Mon fils ne va pas tarder à rentrer et j'ai un rendez-vous chez le dentiste. Je suis désolée mais je dois y aller... Est-ce que demain, vous serez là ?

Nous nous interrogeons du regard. Une légère hésitation et je lui fait signe que oui. Qu'est-ce que cela change ? Rien à vrai dire . Notre plan fumeux m'apparaît alors subitement dans tout son ridicule. Quelle prétention de notre part ! Nous avons cru naïvement que nous pouvions modifier les règles du jeu à notre convenance. La réalité est plus dure : lui va reprendre sa place, son identité, son appartement, son poste à la fac, sa notoriété, son fric, et moi, je me retrouve sans rien, sans emploi, sans logement, clochard et pire que ça, un clandestin puisque je suis sans papier ou presque.

Mireille se balance sur ses pieds, ondulant sensiblement des hanches, signe du malaise qu'elle ressent face à notre désarroi. Pour couper court elle nous annonce tout de go qu'elle s'en va et nous gratifie « d'un salut à demain » en tournant les talons. Nous restons cois et la regardons s'éloigner au bout de la rue. Michel s'est enfin extrait de la voiture et m'a rejoint à l'avant. Il a sorti de la poche intérieure de sa veste en daim un paquet de cigarettes et un briquet.

- Tu fumes ? dis-je.
- Oui ! Dans les grands moments. Tu en veux une ?
- Non merci.

Appuyés sur la 403, nous observons en silence la silhouette de Mireille qui attend l'arrivée du bus. Elle s'est assise sur le banc. Rapidement d'autres personnes sont arrivées et bientôt nous la perdons de vue. Une femme corpulente s'est mise devant elle. Mais nous restons là, immobiles, dubitatifs, chacun dans notre réflexion. Il semble que toute notre énergie se soit cristallisée dans l'attente de ce maudit bus qui n'arrive pas. Nous n'avons pas besoin de parler. Puis la cigarette est devenue un mégot écrasé nerveusement sous le talon de Michel. J'ai bougé mes fesses ankylosées. Et le bus est arrivé, silencieux, électrique, avec sa publicité à l'arrière. La porte s'est ouverte et la grappe humaine s'est disloquée pour s'y engouffrer. Le bus est reparti, il a tourné au coin de la rue, et dans le même soupir, nous avons bougé nos carcasses. J'ai ouvert la portière et me suis installé au volant. Michel est monté à la place du passager en allumant une deuxième cigarette.

J'ai évité de lui signifier que je n'aimais pas que l'on fume dans la voiture.

Nous nous sommes trompés sur toute la ligne. Mais était-ce si compliqué à deviner ? Il n'y a qu'un seul chauffeur dans la 403 et cette image scintille avec toute sa fulgurance au moment où je tourne la clef de contact. Arrive alors, et cette fois-ci, sans que je m'y attende, une nouvelle métamorphose de l'espace temps. Ce n'est pas la Peugeot qui se dématérialise mais mon passager. Quasiment dans la même seconde où j'ai actionné le démarreur et empoigné le volant, Michel s'est alors découpé en pointillé. Il a soudainement disparu. D'abord je n'ai pas réalisé ce qui venait de se produire. C'était si inattendu. Puis tout est devenu limpide. La rue de la Durance est encore là, identique, ou presque. Devant la villa de Mireille, il n'y a plus la parcelle gazonnée mais à la place c'est une murette qui a poussé. J'en suis bouche-bée. Avec une entrée et une clochette noire munie de sa petite chaînette. Les autres maisons sont certainement différentes mais je n'ai pas mémorisé suffisamment les détails du lotissement pour que je puisse me rendre compte de ce qui a changé. Par contre l'arrêt d'autobus n'est plus le même. Il a été vandalisé. La paroi est en verre et elle a éclaté en une multitude d'éclats qui jonchent la rue. La maintenance publicitaire n'a pas eu le temps de passer et un morceau de brique et de béton gît encore au milieu des débris, attestant du mauvais geste d'un gamin en révolte contre ses semblables. Bienvenu chez moi, me dis-je. Enfin je l'espère !

Étonnement

Rien ne sert de descendre de la voiture. Le moteur comme à son habitude ronronne paisiblement. En appréhendant un nouveau traquenard de la part du destin j'actionne le levier de vitesse avec la plus grande précaution pour passer la première. La rue passée, puis de nouveau sur la départementale en direction de Toulouse je recommence à respirer. Inutile de préciser que je suis impatient de vérifier si mon hypothèse est valable. Jusqu'à maintenant, ce que j'aperçois autour de moi, les maisons, les magasins, ne me dit rien qui vaille. Une demi-heure après je suis garé devant mon immeuble. En hâte je m'en vais introduire ma clef dans la serrure. Au passage j'ai aperçu mon nom en face du bouton sur la plaque de l'interphone et mon sang qui circule en accéléré depuis un long moment a cogné encore plus fort dans mon cœur. La clef a tourné et l'appartement est là et bien là. Ouf ! me dis-je. En sécurité enfin chez moi, je n'ose pas trop extérioriser ma joie. Je sais que je ne maîtrise rien et je reste encore méfiant devant ces phénomènes. Peu à peu je retrouve la maîtrise de mon corps et m'écroule sur le canapé. Déchaussé, un verre d'alcool à la main, du Vivaldi en sourdine, le sac de voyage posé à l'entrée, je me remémore mes drôles de vacances. J'ai du mal à réaliser que je suis revenu chez moi. Durant des années j'ai rêvé être écrivain, avoir une autre vie, connaître le goût de la célébrité, posséder de l'argent, et je réalise que tout ça n'est que vanité. Je suis ce que je suis : un type ordinaire, solitaire, ayant souffert, avec plus tard, la chance d'avoir obtenu un emploi relativement correct et, je vais dire pour faire simple, en prise depuis quelques temps avec des états d'âme. Il ne tient qu'à moi de faire évoluer les choses. Je dois faire mon deuil une bonne fois. Cela ne sert à rien de me miner pour des événements contre lesquels je ne peux rien. Ma femme et mon fils sont morts. Je dois l'accepter et vivre avec. Mais vivre ce n'est pas stagner dans un simple état végétatif. Je dois construire, créer, je dois aimer. Et peut importe comment ! Je dois essayer, évoluer dans ma propre dimension. Les autres ne m'appartiennent pas. Tous ces êtres, ces sortes de clones qui les peuplent sont différents de moi, de ma véritable personnalité et je dois en rester là.

La Mireille que j'ai rencontrée n'a rien à voir avec celle qui fut ma compagne. Le fils, cet adolescent que j'ai aperçu est loin de l'idée que je me faisais du mien s'il avait grandi. Et Michel cet écrivain égotiste jamais je ne voudrais lui ressembler. Je suis ravi d'avoir échappé à ce transfert abracadabrant d'identité.

Mon salut c'est vraisemblablement cette charmante marocaine que j'ai rencontrée sur le bateau. Même si cette idylle est vouée à l'échec. Ce qui est à prendre doit être pris. C'est cela l'idée philosophique que je me fais de la vie. Le paradis c'est sur la terre et c'est maintenant. Je dois m'en tenir là. Voilà mon futur projet. Ce qui me reste à faire dans les heures qui suivent, c'est composer le numéro de Yasmine.

La soirée s'écoule paisible. J'ai branché la télé. Les émissions débiles que je zappe durant toute la soirée contribuent à fortifier mon encrage quotidien. Je suis de retour et je souhaite en mon for intérieur ne plus jamais avoir à repartir ni dans le passé ni ailleurs. Cette expérience m'a marqué profondément. Demain je vais passer une annonce sur internet pour vendre la 403. J'ai laissé aussi un message sur le portable de Yasmine et j'attends sans impatience qu'elle veuille bien me rappeler. Ce qui doit se faire se fera. Voici ma nouvelle devise. La bouteille de whisky a pris une sacrée claque, Vivaldi dort depuis longtemps et l'écran plasma est en veille. Je me suis écroulé sur le canapé comme à l'ordinaire. Il est temps que je pense de nouveau à soigner mon alcoolisme. Je suis pas loin de replonger.
Je me suis endormi comme une masse.

J'ouvre les yeux.
Ma première impression c'est l'étonnement.
Étonnement de ce mur blanc.
Étonnement de ce drap blanc en lourd coton sous mon menton.
Étonnement de ce lit blanc étroit où je suis coincé, saucissonné.

Étonnement de cette fenêtre qui s'ouvre uniquement sur un ciel blanc.

Étonnement de cette armoire, de cette télévision suspendue au plafond.

Enfin étonnement devant le visage de cette femme qui me sourit.

C'est une vieille femme. Mais c'est une femme cependant que je reconnais bien. Et je n'en crois pas mes yeux. Je les referme immédiatement. Je tente désespérément d'analyser la situation. Mais des lancements douloureux me siphonnent l'esprit. Je me heurte encore une fois à l'étonnement. La voix me dit de sortir de mon repli.

- Chéri… Je suis là… Chéri…

Ce mot, cette voix. Tout s'embrouille et en même temps tout s'éclaire. Précautionneusement j'ouvre les yeux. J'ai reconnu la voix mais pas le visage. Pourtant je l'ai déjà vu. Il me rappelle quelqu'un qui a disparu depuis longtemps.

- Mireille ?
- Oui… Enfin tu me reconnais…
- Qu'est-ce qui s'est passé ?
- Rien de grave… Tu es tombé dans les paumes.
- Où ça ?
- A la maison… Et tu vas rire ?
- Si tu le dis ! Je t'écoute.
- Tu t'es évanoui en pissant. Tu as trop forcé à dit le docteur.
- En pissant ?
- Oui ! Tu étais trop stressé. On s'était disputé au sujet de ta nouvelle lubie. Tu as claqué la porte et tu es monté comme un fou aux toilettes. Puis j'ai entendu un grand boum. Tu es tombé de tout ton poids. Quand je suis arrivé là-haut j'ai eu très peur. En tombant ta tête a heurté le carrelage et tu as eu une fracture du crâne. Tu saignais pas mal. J'ai appelé le SAMU et on t'a embarqué à l'hôpital. Cela fait deux jours que tu es inconscient.

Du brouillard dans lequel je me débats encore me reviennent des limbes d'une histoire. Mon histoire qui n'a rien à voir avec ce que radote cette femme qui ressemble à s'y méprendre à

Mireille si elle avait vécu vingt bonnes années de plus. Ainsi le désordre temporel continue son jeu et m'a propulsé cette fois-ci dans le futur. Je suis maintenant parfaitement réveillé. C'est avec un nouveau regard, moins vaseux, que je détaille la femme qui se tient assise à côté de moi. Elle se tient sur sa chaise, le buste bien droit, juste à côté de mon chevet. Elle parle et je la laisse faire car malgré tout je suis assez fatigué. En outre, je ne comprends pas ce que je fiche dans ce lit. Jusqu'à maintenant, lors de ces passages d'une dimension à une autre, il n'y avait jamais eu d'effets sur ma propre personne. C'est pour le moins étrange et cela ne me rassure guère.

La femme s'est levée et elle est allée chercher un gant dans une salle de bain que je n'avais pas remarquée jusqu'alors. Il est frais, et elle m'essuie le front. Je n'aime pas trop ça et je veux l'empêcher mais mon bras est lourd et j'ai toutes les peines du monde à le soulever.
- Arrêtez ! dis-je.

Elle me dévisage :
- Tu me vouvoies maintenant ! Peut-être que ton coup sur la tête t'a rendu plus aimable ? s'amuse-t-elle à répondre.
- Ce n'est pas ça…
- C'est quoi alors ?

Une angoisse soudain m'étreint et je questionne :
- Je peux me lever ? Je voudrais aller à la salle de bain.
- Non tu ne peux pas ! Si tu as envie de faire pipi il te faut un bassin. Je vais appeler une infirmière.
- Non ! Non ! Je veux juste voir la tête que j'ai…
- J'ai un miroir de maquillage. Tu le veux ?

Je réponds par l'affirmative. Je suis comme un noyé ballotté dans des rapides et qui s'imagine pouvoir être sauvé par un tronc d'arbre qui lui fonce dessus avec la force démentielle du courant. Le petit miroir devant mon nez c'est le tronc que je prends en pleine gueule. Le type, c'est-à-dire, juste le nez et un œil, puis le front et en balayant du poignet, les oreilles, l'autre œil, la bouche et le menton et le cou, enfin tout ce visage que je décrypte tel un puzzle en me regardant d'une main tremblante, ce type, ce n'est pas moi. Ou plutôt si ! C'est comme Mireille. C'est moi avec vingt ans de plus...

Et là je comprends que ce n'est pas normal. Si j'avais fait un bon dans le futur j'aurais dû garder mon intégrité physique. Et en toute logique rencontrer un autre double plus âgé. Mais dans ce lit c'est moi. C'est vraiment moi avec toute ma lucidité, mes souvenirs. Je sens la panique me gagner.
- Appelle l'infirmière ! Je ne suis pas bien... Je crois que je vais vomir.

Mireille se précipite sur la sonnette. Deux minutes plus tard la porte s'ouvre et je n'en crois pas mes yeux. Je m'évanouis cette fois pour de bon.

Dans les brumes lointaines de mon cerveau le rêve continue. Pourtant quelque chose d'indéfinissable dans mon subconscient m'expédie des messages d'alerte. Dans mon rêve je suis partie en vacances au Maroc. Alerte ! J'ai acheté une 403 dans un garage à Fez et je me suis retrouvé en 1963 face à moi-même. Alerte ! Puis j'ai changé de dimension. J'ai rencontré ensuite un écrivain surprenant. Et ma femme défunte était mariée à un autre. Alerte ! Double alerte !
Puis enfin je suis revenu chez moi. A Toulouse... Dans mon appartement. Mes vacances sont terminées et je dois reprendre mon job d'informaticien ! Encore alerte ! Et cette fois-ci le rêve disjoncte.

J'ouvre les yeux. La chambre blanche est toujours là. Le drap en coton aussi et tout le reste aussi. Sauf que je suis seul. Seul avec la réalité revenue avec le recul d'un bazooka. Je ne suis pas informaticien. J'ai toujours été nul devant un clavier. Je ne suis pas écrivain. Je ne le serai jamais. Je n'ai pas quarante ans mais à vrai dire vingt de plus. Je ne suis pas veuf et ma femme est là, bien vivante, et mon fils... Voilà cela me revient. Mon fils à trente ans. Il termine bientôt sa thèse de criminologie.

C'est lui l'intellectuel. Moi je ne suis qu'un fonctionnaire qui attend sa retraite. Et ma dernière lubie c'est l'achat d'une 403. La même que possédait mon père.

J'ai rêvé. Toute cette histoire n'est qu'un rêve auquel j'ai cru dur comme fer. J'ai été plongé dans le coma durant deux jours et durant ces deux jours mes neurones en ont profité pour écrire un roman. Ce roman qui me revient bribe par bribe avec un tel enchaînement des faits qu'il me semble l'avoir vécu réellement.

La tête enrubannée, installé confortablement sur mon oreiller, j'essaye de décrypter les quelques bruits qui altèrent le silence de l'hôpital. Le pas des infirmières pressées dans le couloir, le claquement des plateaux sur les chariots métalliques, les éclats de voix des brancardiers, le bip des appareils qui me ligotent, la plainte d'un patient dans la chambre voisine. Je suis atterré par la perte subite, cruelle, de cette nouvelle vie que j'ai cru pouvoir posséder, de cette jeunesse, de cette bonne quarantaine dont je pensais pouvoir jouir. Malheureusement elle s'échappe soudainement comme du sable doré à travers mes doigts.

J'ai rêvé que j'étais jeune, au milieu d'une autre vie pleine de promesse, malgré la perte de ma famille, et je me retrouve aux portes de la vieillesse. C'est vrai qu'en 1985 ma femme et mon fils ont eu un accident de voiture contre un camion. Mais sans dommage hormis de la carrosserie. C'est vrai que plus jeune j'ai voulu faire des études littéraires et que mes parents m'ont fait comprendre que le droit c'était mieux pour décrocher un concours. C'est vrai que je porte d'ordinaire une médaille sur lequel est gravé le scorpion qui est mon signe astral. Tous ces indices, tous ces événements ont été brassés et malaxés, étirés, transformés, pour en faire une histoire nouvelle et tout compte fait sacrément plaisante à se raconter. Et ce voyage au Maroc c'est vrai aussi. Je l'ai réalisé avec mon fils et ma femme il y a plusieurs années. Tout s'amalgame, tout s'explique et je reste pantois d'une telle distorsion de mon esprit. Il n'y pas d'autres dimensions temporelles. Je ne peux pas retourner dans le passé si ce n'est en songe. Voilà la seule réalité.

Peu à peu je m'apaise et je laisse mon cerveau vagabonder sur un chemin qui n'est pas habituel. Je repense à cette histoire saugrenue et je me dis que c'est dommage que tout cela ne soit pas réel. J'ai comme un sentiment de regret mais l'on ne peut pas revenir en arrière.

Le docteur est venu me voir. Mireille est à côté de mon lit, dans son tailleur beige en lin. Mireille toute menue, toute ridée, toute souriante. Ce matin l'infirmière m'a aidé à me lever et j'ai pu longuement regarder mon visage dans le miroir de la salle de bain. Je suis un homme âgé. Soixante ans. Certains vous disent que c'est jeune. Qu'ils aillent se faire foutre ! La jeunesse c'est vingt ans, trente ans, quarante ans . Ce sont systématiquement les années qui sont derrière nous. Le reste, la jeunesse qui dure, ce ne sont que des racontars, pour se dire que la vie peut encore nous apporter ce que nous souhaitons tous avoir : le bonheur. Ce putain de bonheur inaccessible !

Le toubib est reparti visiter ses patients. Ma petite Mireille a profité de la visite éclair de mon fils pour s'en aller avec lui et, de nouveau, devant ce mur blanc, me voici dans mes pensées, dans ce rêve toujours aussi présent. C'est bizarre, me dis-je. D'habitude les songes d'une nuit disparaissent au petit matin. Certains restent plus longtemps à l'esprit mais jamais, dit-on, avec une telle acuité. Le sommeil qui recouvre l'état comateux est un mystère. Son exploration est loin d'être terminée.

Ce que je suis en train de vivre est normal. Ce traumatisme a vraisemblablement ouvert une brèche qui a libéré ma créativité. J'étais dénué d'imagination, incapable d'inventer une histoire quand mon fils me suppliait de le faire. C'est pour cela que j'ai décidé d'écrire ce rêve. Moi le cartésien je n'ai jamais cru au destin, à tout ce qui est soit-disant écrit là-dessus.
Mais aujourd'hui dans ce lit, je me dis, après tout, que tout ceci n'est pas un hasard. Les chemins que nous empruntons nous conduisent vers des rendez-vous auxquels nous ne pouvons pas échapper. L'un des miens certainement et j'en suis persuadé à cette minute même c'est de réaliser un rêve d'enfant.

C'est simplement écrire un livre qui fasse rêver mon fils.

Aussitôt pensé, aussitôt mis en exécution.
J'empoigne la sonnette et j'appelle l'infirmière.
Cinq minutes plus tard la porte s'écarte lentement. Yasmine, dans sa jolie blouse blanche, avec son sourire éclatant, celui de la chaleur de son pays, me demande :
- Que voulez-vous Michel ?
- Juste du papier et un crayon.

FIN

Du même auteur chez MyBod

Putain d'oiseau : la naissance d'un commissaire
Putain d'oiseau : les flèches dans le cœur
Putain d'oiseau : le clodo des Carmes

Martix l'humain et Martix la mécanique
Les cinq mains de Dieu
Les sorciers de Tinerghir
Le dernier des adultes

Le collier de l'existence